伊希
永远不会忘记

[美]亚历克斯·拉斯克 ◎ 著

张钰君 ◎ 译

民主与建设出版社
·北京·

永远不会忘记

爷爷

谨以此书献给谢尔德里克野生动物信托基金的
达芙妮·谢尔德里克女爵士
以及所有为保护非洲象而奋斗的看守人和巡护员。

序言

序 言

若非接连的瓢泼大雨,那天晚上和之后发生的事情也许会不一样。但当时的可见度仅为五十米,奔驰汽车的雨刮器难以擦干净挡风玻璃,在每小时限速一百二十千米的高速路上,奥维迪奥·萨拉萨尔医生只能以每小时六十多千米的车速行驶。

一个庞然大物突然出现在萨拉萨尔的车灯前,他下意识地急转弯,车子失去了控制。萨拉萨尔试图抢救,却错误地踩了刹车并把方向盘打向另一边,结果打滑更厉害了,变成了三百六十度旋转。车子终于停下来了,还好没有撞上护栏或是那只动物——萨拉萨尔望向窗外,想看看到底是什么野兽。

距离挡风玻璃不到六米的地方,站着一头大象,他从未见过如此庞大的大象。它透过雨刮器盯着他看。后来萨拉萨尔告诉家人,大象当时的目光满是关切。他们四目相对了差不多五秒,之后大象转过头,轻松踏过路中护栏,很快便消失在了雨帘中。要是路上还有其他车,那头大象可能会引起更多混乱,甚至可能被车撞。不过离天亮还有好一会儿,路上只有像萨拉萨尔医生这种要在一小时内赶到卢萨卡①外科手术室的人。

不过话说回来,高速路上怎么会有大象?萨拉萨尔有点疑惑。此时他把车停到路边,想让心脏缓一会儿再开。这附近方圆五十千米没有任何国家公园,也没有任何"小道"穿过从卢萨卡向北延伸的城郊开发区和城镇,所以大象要么是从动物园逃出来的——但这可能性很小,萨拉萨尔也不知道有这样的动物园,要么是从国家公园跑出来的,不知为何在人类社会的郊区千里跋涉而不被任何人注意。

直到现在。

* * *

我知道,我已经走到了生命的尽头。身体上的疼痛让我行动缓慢,饱餐一顿的渴望讥讽着我,双眼也日益变得浑浊黯淡。这种景象我见过很多次了,我也知道尽头是什么。所以,我最后要完成的只有那一趟归途,回到我的出生地,回到曾经照顾过我的朋友们的身边,希望他们还在那儿。我不清楚路途有多远,正确的方向在哪里,但我确信,我的感觉会告诉我往哪儿走。我只希望能及时到达。

从出生那刻起直到现在,我记得所有的画面、声音、气味。我

---

① 非洲东南部内陆国赞比亚的首都。

序言

不能借助日期来标记时间,也不知道哪里是"两脚兽"的范围,但我知道,我漂泊在外很久了。我被带到远方的土地,忍受不同的气候,穿过一望无际的大海,来到高耸的巢穴中,里面全是噪音和刺眼的灯光,数不清的"两脚兽"乘着假兽①疾驰。

我的世界是露天的旷野。到了晚上,星星离得很近,你可以看到它们在夜空移动。你能听到的声音只有昆虫鸣叫,微风中捕食者的吼叫,或者树上居民发出的尖叫——以及那些不得不睡在地上的生物所面临的骇人寂静。

我希望旅程结束在那片天空下,周围是照顾过我的"两脚兽"朋友,以及很久之前收留我的象群里的朋友们,那些姨母和堂亲们就像母亲一样接纳我。

* * *

特雷弗·布莱克曼是赞比亚国家公园的助理狩猎监督官,今年五十三岁。他挂断电话,满面愁容。这下可头疼了,如果真的有人看见了……但这么大型的动物,这么多天了,从最近的国家公园到人口密集区,为什么没人察觉呢?但目击者是一名外科医生,消息应该还是比较可靠的。

---

① 此处应指人类社会的车辆。

现在布莱克曼不得不去找到那头大象，也许要从空中定位，然后把它解决掉，防止它践踏无辜民众的后院或者引起其他大麻烦，同时还要避免引起动物保护主义者的关注。那群动物保护主义者会要求给大象注射镇静剂，再把它送回园区。这是最令人头疼的，一头公象有近一万五千磅重。当然，这肯定是头公象，母象很少独自行动。等大象到了部落区域，就远离那些盯着的眼睛了，那时再把它解决掉，把尸体交给大自然。毕竟赞比亚有二万五千头大象，少一头公象也没关系。

首先，布莱克曼要跟卫星追踪办公室确认是否有GPS设备发送信号。如果他运气好，大象戴了项圈或者植入过芯片，那么找到它就易如反掌。不过布莱克曼知道可能性不大，因为没有任何警报器响起，不过也可能是因为预算削减导致负责监测这些设备的员工被裁减了。不过还是值得一试的，于是他再次拿起电话，望向窗外的倾盆大雨，等待电话接通。

——赞比亚，2012年漫长的雨季

第一章

最初的记忆——肯尼亚，1962 年

与你们不同，我们记得刚出生的头几个小时。我知道，你们直到学会走路才会对人生产生一点记忆。但我们不同。来到世上第一天，我们就能走路，否则将会面临被捕食的风险。我在妈妈巨大的影子下走来走去，摸索着，磕磕绊绊，把脸埋进她的肚子，吮吸从乳房渗出的香甜奶水。

各种声音和味道将我包围：脚下的青草泥土，隆隆的雷声，午后雨点的啪嗒声，宽阔的泥色河流与滑溜的河堤，和我们一同在水坑饮水的长着角的奇怪动物，象群排泄物的刺鼻气味。我们族群的成员太多，我数不过来，但我记得刚出生那几天，兄弟姐妹、姨妈姑婶用象鼻热烈欢迎我，他们抚摸我、鼓励我，让我熟悉他们的气味。

我的妈妈耐心地用她的智慧教会我生存法则，她的身影和气息始终在我附近，在我磨蹭或疲倦的时候，她也未曾把我抛在后头。我与玩伴们度过了许多快乐时光，我们六头象崽一起玩耍的日子是许多烦恼的解药。我会进入梦乡，带着奇妙的疼痛，然后伴着太阳醒来，把所有再重复一遍。

除了象群中的伙伴，我最好的朋友是一头羚羊幼崽，有着大胡子的那种。羚羊们有个怪习惯，会突然跳起来在空中旋转，再把头撞向想象中的树。后来妈妈告诉了我原因，羚羊生下来头上就有蛆虫，长大后，孵出来的蛆虫想要出去，这让可怜的羚羊们难受得发疯。

虽然大象不常与其他动物亲近，但当两个族群在绵延的河流旁度过雨季时，妈妈还是允许我俩每天一起玩耍。我朋友的妈妈不准他加入我们，但并没有用，他可不听。后来，他妈妈知道我们族群会在我俩一起玩耍的时候照看他，便默默走开了。我俩会花数小时去探索，遇见的动物洞穴、粪便还有昆虫，都去顶一顶、闻一闻，直到我们其中一个饿了，这才回去找妈妈要吃的。

我后来才明白，我们的一举一动都被象群里的成年公象注视着，背后的原因很可怕。无论体型或年龄大小，我们离一些可怕到让血液都凝固的危险总是仅有一步之遥。数量众多是我们最好的防卫：与象群待在一起，被捕的概率很小。独自行走，你将时日无多。但哪怕数量众多，有时也可能会出现令人沮丧的结果。

当时，我的大胡子朋友与其他羚羊在河边喝水，突然水中有什么飞快跃起抓住了他。是一条大鲷鱼把他拽下了水，我们只能看着他的腿在水面上绝望地踢着。我朝羚羊族群叫喊，想要他们做些什么，但没有谁愿意动。羚羊们只是望着、呆着，我仿佛能清晰地听到他们脑中在想什么，他们好像能说话（当然他们说不了）：他们在庆幸，死的是他，不是自己。

羚羊们跑开了,又有几条大鲷鱼来了,鱼尾猛烈摆动使得水花四溅,河水染成了红色。大胡子朋友最后无助的呻吟至今还在我脑海挥之不去。这让我的心灵受到了震撼,时至今日,我再也无法像曾经那般无忧无虑。

我们的第一条生存法则是,永远要当心藏在草丛中的大猫和斜背狗①,他们用冷酷的眼睛观察着万物。但最可怕的生物是你们——"两脚兽"。不是那些坐在难闻的假兽里从远处观察我们的家伙,他们手持闪亮的小物件②贴在脸上,发出咔嚓声和嗖嗖声。也不是那些我们在旅途中路过的部落人民,他们住在干土和树枝搭成的窝里,对我们非常包容,除非我们靠近围栏里的庄稼。

都不是,最令我们害怕的"两脚兽"是这样一群家伙,他们偷偷跑到下风处,以便尽可能靠近我们而不被闻到。他们高大黝黑、跑步飞快,他们会用锋利的杆子袭击我们,让我们措手不及。如果我们被刺中,那么接下来几小时至数日,我们将漫长地、痛苦地死去。年轻的猎人是他们中最坏的,这些家伙似乎把滥杀无辜当作乐趣。

但最危险的是那些白皮肤的猎人,因为他们可以在很远的地方

---

① 此处应指鬣狗。
② 此处应指相机。

第一章

杀死我们。在远处的某个地方,他们乘坐的假兽会突然安静下来,而我们则抬起象鼻,想要凭气味找出他们的位置。很快,空气中弥漫着恐惧的味道,鸟儿也沉默了。随后,伴着"砰砰杆"发出的响声,一头成年大象开始踉跄。当我们看到那群家伙时,便轰隆隆地逃窜,但已经晚了。你能看到受害者眼中的惊愕,看着他在死亡的阴影中轰然倒下。数小时之后,我们会回到原来的地方,寻找那具惨遭踩躏的尸体。那群人会砍掉象牙、象鼻,留下血淋淋的、面目全非的尸体,而我们则对着逝去的朋友哭着、喊着,直到深夜。

每一季,我们都会回到朋友们倒下的地方,拜访他们的遗骨。我们会把骨头翻过来翻过去,追忆逝去的朋友,希望在那儿找到一丝生命力。但一切都过去了。

* * *

我的母亲在族群里被称作"月亮妈妈",她在我出生第二年的雨季成了族群领袖。曾经的赤眸族长,我们亲爱的母象王,因为牙齿掉光而几乎无法进食,她的声音也几乎辨认不出了。我用了"声音"这个词,我知道你们不懂大象的语言,也听不见,大象的语言对你们的耳朵来说频率太低了。但我们与你们一样会彼此交流,有时隔着很远的距离,就像我们在海里的弟兄们一样。他们的声音在水中传播,而我们的声音通过空气或大地传播。晚上,我们可以与远在天边的亲戚对话,如果我们三条腿站在坚硬的地面上,便可以听到其他亲人在半天前发送的消息——通过我们的脚听到。

后来,赤眸族长倒下了,再也站不起来,象群陪在她身边两天两夜,每头象都在回忆与她在一起的最美好的时光。第三天,她美丽的双眸望着初升的太阳——她长长的睫毛和赤色的眸子都是出了名的——她不再悲伤,接受了命运的安排。随后,在我们的哭泣声中她离开了。

赤眸族长离世后我们茫然无措,直到新的母象王出现。赤眸族长积攒了六十个雨季的智慧,她知道数百英里热带草原和高地藏着的每一处水源和地下蓄水层。在旱季,这些知识对我们的生活至关重要。

那时我还太小,不明白接下来发生的事情,但我如今懂得了为什么象群在当时会心神不安,为什么我后来会做如此混乱剧烈的梦:在妈妈和另一头被称作"暴风"的年长母象间,一场夺位之战开始了。你也许不知道我们也有不同的性格,在我们的世界中,每头大象都是独特的,正如在你们的世界中,每个人都是唯一的。你们有你们的烦恼,我们也是。

暴风的精神不太正常,自她年轻时被闪电击中起便是如此。但她活下来了,而且子孙满堂,作为家中最年长的象,她自然而然成了一家之主。她向我妈妈发起了一场战争,决意成为新的母象王,

第一章

哪怕族群里大部分都支持我妈妈。

暴风做了一件让人难以想象的事。趁妈妈没有注意的时候,她连续好几天暗中威胁我。当我们穿过一条灌满雨水的河流时,所有的成年象,包括我妈妈,都在担心湍急水流中的幼崽们。还没找到立脚点过河,幼崽们就在水流中被淹了几秒。暴风抬起屁股好让幼崽们过去,除了我。突然她的象牙压住我,把我按在水里不让其他大象看见。她的体形是我的二十倍,我什么也做不了,我甚至没法把鼻子伸出水面。我用最后一口气拼命叫喊,希望哪个亲戚能听见。接着我开始吸入水。

妈妈感觉到了什么,转身来找我,意识到发生了什么事。她迎着水流冲过来,暴风这才放开我。我浮上水面,喘着气。我看到妈妈暴怒,将暴风重重顶伤摔倒在地,她还没来得及爬上岸就被河水冲到了下游。暴风一瘸一拐地走出水中,疼得叫起来,大家都看到她鲜血直流。

"你做了什么,月亮妈妈?"暴风的姐妹尖声道,她们家族都围在她身边,瞪着伤口怒吼出喇叭般的声音,"这会让她没命的!"

我的家人们围起来保护我和妈妈。接着,妈妈终于开口了。

"她想淹死我的小儿子,我亲眼所见。你们可以问她,让她告诉你们是怎么回事。"

暴风哭道:"别听她的!我没有!她疯了!"

"让孩子说说。"噼啪大婶吼道。噼啪大婶是长辈,与我们两家都不沾边,所以大家都尊重她对此事的看法。"说吧,孩子。"所有人都低下头看我。但我还在把水咳出来,抖得没法出声。

妈妈的表情有些异常,她恍然大悟,对大家说道:"她想着……如果我儿子死了,我会心痛欲绝……那么她就能成为新的母象王!她密谋淹死我儿子,从而接管我们族群,你们明白了吗?"

暴风的家族一齐跺脚、吼叫,暴风也一直在否认。

"不,不是的,都是她编的!我爱那个孩子就像爱我自己的儿子一样!"其实她对自己的儿子一点也不好,这点她没有提。

噼啪大婶俯下身,把鼻子放进我嘴巴里,悄声说:"你得告诉他们真实情况,孩子,不然这对你妈妈很不利。告诉大家发生了什么。"

我向来多愁善感——甚至长大之后也是如此——所以不管她干了什么,指责她终究让我不好受。但既然她说了谎,哪怕她能一脚把我踹死,我也要说出事实。我环顾四周,视线第一次变得清晰,这时我注意到岸边所有长着角的动物都在敬畏地看着我们,默不作声。

我的声音十分微弱。我尽可能清晰地把过程讲述出来,我看到大象们眼中满是震惊。最后,我为妈妈的行为辩护,结束了这场控诉。

"所以你们看,她没有别的选择,只能用象牙顶伤暴风。"我低下头,"这就是事情真相。这就是前因后果。"

第一章

暴风还在抵赖，还说我是骗子，但其他大象面面相觑，大为震惊。这次她太过分了。噼啪大婶提议母象长辈们开个会。妈妈和暴风被各自的家人包围着分开了。母象长辈们凝重地走进一片树林，开始低声商量对策。

我的一些姐妹和姨母想要让两家言归于好，但矛盾太大，无法弥合。家族是野外生存的关键，所以尽管暴风的行为很疯狂，她仍旧是家族领袖，其他大象不得不忍受她。

几分钟后，长辈们回来了。噼啪大婶清了清嗓子，对着象群发表了庄严讲话：

"我们的讨论结果是令人遗憾的，但又是不可避免的。我们共同走过了无数个季节，我们见证了许多亲朋好友的离去，如今我们再也无法与暴风一路同行。今天，暴风在这里对一个无助的孩子下手，而这个孩子的母亲还是我们最尊敬的长辈之一，我们没办法继续信任暴风，让她待在我们中间。因此，暴风被我们族群驱逐了。至于她的家人们，只要他们愿意，还可以与我们同行，但他们也可以选择与暴风一起离开。以上就是我们的判决。"

听到判决，暴风的家人也许并不意外，但他们十分沮丧，他们得决定是去是留。最终，暴风的家人都决定跟着走，无论结果好坏。不一会儿，他们就离开了我们。后来在我独自跋涉的那些年，我曾在路上碰见过他们，但悲伤的是，一切都回不去了，连幼时的玩伴也变了。

就这样,我的妈妈将领导留下的大象们。何时在热浪中休息、何时在旱季前爬上高原、何时在危险面前避难或进攻,这些大事都将由妈妈做出决定。曾经,母象们都是观察学习赤眸族长,如今她们观察学习的对象成了我妈妈。谁也不知道自己会在什么时候被叫去冲锋陷阵或用身体筑成防护墙。从抚养幼崽到冷酷地把所有青春期的公象赶出族群,这一切都由母象掌管。

在记忆的准确度这方面,也许我有一点夸大其词,因为我幼时的记忆中有一块是空白的。空白之前,我和我的好妈妈、宠爱我的兄弟姐妹,以及族群里的其他大象共同在茂密的山谷中度过雨季。空白之后,我在高原的一个农场里醒来,周围全是我没有见过的"两脚兽"。

他们把我从我的世界和家人中偷走了,无助的我什么也做不了。说来羞愧,我当时只是哭着、翻滚着,但我的心太痛了,没法做出其他反应。那些"两脚兽"架住我,给我灌下一种味道奇怪的液体。那儿找不到任何其他大象,不过还有其他和我一样幼小的平原居民。我陷入了半梦半醒的状态,那时的记忆非常模糊,我记不清持续了多久,也不知道发生了什么。

自此,我生活中的一切都变了,永远变了。

第二章

另外的声音——肯尼亚，1964 年

黎明时分，盗猎团伙骑着马来了。早在一周前，盗猎头目就试过这个办法，看是否行得通。结果非常顺利，他骑行于象群之中，宛若隐形。大象们还以为他的马不过是平原上的另一种生物。接连几分钟，象群都没有注意到马背上的盗猎者，直到嗅出他的气味，这才惊得狂奔起来。

现在，盗猎团伙跟踪了一天的象群正在茂盛的草甸上安然吃草。大象们大多都在开阔的地方，丝毫没有注意到，在远处林木线内，每二十米就有一个盗猎者下马并取下挂着的枪。晨雾刚刚散去，象鼻折断可乐豆木树枝，声音如同枪声般回响。

母象王抬起头，察觉出一丝不对劲，她嗅到了盗猎者的气味，随后便看到了他们。她转过庞大的身躯，面朝远处林木线，号叫着发出警告。母象们迅速围成一个半圆，挡在小象前面。

接着，母象王发现了盗猎头目。他从一棵树后走了出来，皮肤像夜一样黑，眼睛像眼镜蛇的一样深不可测。母象王扇动大耳朵，向前冲锋，想吓走盗猎头目。但他立在原地，举起猎枪，平静地扣动扳机。

第二章

子弹打进母象王鼻子上方的头骨,穿过大脑,进入椎管。母象王一头扎倒在地,巨大的重量让大地都为之颤抖。其他盗猎者也开了枪,象群慌作一团。大象们从未经历过这种杀戮,吓得不知所措。连母象王都瘫倒在地,这远远超出他们的认知范围。

象群中有三十二头象的象牙足够大,可以拿去卖。从一个家族到另一个家族,一头头大象在倒下之际绝望地呼唤彼此,于枪林弹雨中叹出生死诀别。不到两分钟的时间,大象就几乎被杀光了,剩下的也都奄奄一息。盗猎者从树林走到象群中,几头大象正扇着鼻子哭泣,拖着身躯想躺在亲人身旁。但盗猎者对着它们的耳孔,给了最后一枪。

不远处,小象们挤成一团,惊慌失措。他们还太小,没到猎杀的时候。另外六头象宝宝——最大的只有两岁——站在妈妈身旁。他们脚下有一摊摊尿液,眼睛惊恐地瞪着。

盗猎者从马鞍上抽出砍刀斧头,开始干活儿。对于这些人而言,大象的性命只意味着一件事,那就是钱。他们对着大象的脸开砍,在象鼻周围开了一道深深的口子,好把象牙完整取出。

盗猎头目靠近母象王,开始动手。这时,他感觉有什么在戳他的背,迅速转过身。原来是母象王的崽,小小的鼻子对着他呼哧带喘,悲伤不已。盗猎头目挥刀在小象前额砍了一道。小象痛得号啕大哭,蹒跚着走到几米之外,鲜血慢慢渗进他的眼睛。

盗猎头目砍完象牙，正准备把象牙扔到一堆，这时那头小象再次靠过来——但这一次代价惨重。盗猎头目放下手中的象牙，双手握紧砍刀，狠狠地把刀刃插进小象的额头。小象没了声……挨着妈妈的尸体倒下了。

* * *

十四岁的卡莫·马蒂巴整晚都待在猴面包树的树杈上，他睡得并不好。每隔几个小时，他就在伤口处涂上妈妈给他的药膏，但还是火辣辣地疼。在接受基库尤族古老的男子割礼时，他咬紧牙关，没有做任何反应，因为这是大家期望看到的。但现在，他孤身一人于黑暗中，离村庄几英里远，感受到了强烈的疼痛。

黎明时，他吃了一根跳羚肉干，然后回到树下，系紧袍子，举起长矛。他还要独自在灌木丛中待上三天，等到他回村的时候，就正式成为一个男人了。卡莫聪慧过人，所以这种仪式在他看来有点荒谬，但他理解这是长辈们的文化，即使他们回溯到另一个世纪，想留在那里。而卡莫不是，他从村里的学校了解到，肯尼亚刚脱离英国获得独立，于是满怀抱负地盘算着在不久后把乡村生活抛在身后。但此时此刻，他还是要乖乖配合。

他走了一会儿，突然听到远处传来了枪声。枪响了几十下，仿佛山那边在打仗一样。枪声持续了快两分钟，随后是一片死寂。他明白要避开那附近。

过了一会儿,他看到天空中浮着几个黑点,盘旋绕圈。他猜想,自己离那儿约有三四千米,公园这片区域没有马路,所以开枪的那些人应该是走路来的。卡莫小跑着往山上走,直到他能俯瞰另一个山谷,只为确认一下。他当然不希望撞上那群人。

河边的树林密密麻麻,即使他带了望远镜,也没法看清到底是什么中枪了。正当他准备返回山下时,他感到脚下地动山摇,紧接着,空气也在隆隆的蹄声中流动。他转过身定眼望去,想弄清楚这些动物从哪边来。他突然意识到,动物们正是从发生屠杀的村庄那边过来的——当第一匹马闯入视线时,他弓身躲进灌木丛中。

卡莫悄悄往灌木深处移动以便观察。他清楚地看见,一群骑马的人在五十米外飞奔。他们一行有六人,全都配了枪,还多出几匹马驮着沉重且带血迹的布袋,布袋在马的两侧上下颠簸。

当那群人都走远了,卡莫小心翼翼地走回空旷处。现在,他能看见那群人在坡下,正朝着西边走。他们没有穿部落服饰——短裤、T恤、凉鞋或网球鞋、耷拉着的帽子或球帽——所以他看不出那群人来自哪个部落,但也只有几种可能。他们很可能来自周围半径三十到四十千米内的地方,这样的话就更好猜了。

他转身走向发生屠杀的地方,绷紧了神经,但好奇心也变得更强了。他轻轻地大步跑了起来。

卡莫穿过林木线来到了那片草甸，脚步僵住了。这里的地面被鲜血浸透，还有尿液和粪便，是那些动物在死亡痉挛时排出的。他们的眼睛毫无生机地瞪着，仿佛最后一刻看到的景象烙印在了视网膜上。面对如此暴行，卡莫没有丝毫心理准备，他拼命止住呕吐的冲动。

他走出去并开始驱赶秃鹫，但秃鹫只是沿着一条线跳来跳去，开始撕咬另一张被砍烂的脸。所有大象的尸体都被砍掉了象牙，另外五头小象没被砍掉象牙，但头上都被枪打中了。除了残忍，卡莫想不到那些人还有什么原因要对小象开枪。

卡莫的胃里在翻腾，如鲠在喉。他听到附近传来一声微弱的喘息，不是小鸟发出的，是什么别的东西。他跨过一摊内脏，用长矛拍走秃鹫，看见了最悲惨的一幕。第六头小象躺在妈妈身边，一把弯刀的刀锋刺进了小象的前额，而弯刀的手柄已经断掉了。

卡莫跪到地上去抚摸那只可怜的小动物——然后他惊讶地往后缩。小象睁开眼睛盯着他。卡莫一下子跳起来。

"小象，你还活着吗？！"

小象试着站起来。卡莫配合着，想要按住小象以防弯刀对他造成更大的伤害，但小象重五百磅，他帮不上什么忙。小象站起来时，卡莫迎面对上他的眼睛，那双眼睛里满是呆滞、绝望、惊恐和痛苦。卡莫忍不住了，泪水湿润了眼眶。这一刻，卡莫因自己是人类而羞愧。

第二章

小象连呼吸都有点费劲，象鼻无精打采地垂着。他看了卡莫几秒，明白眼前这个温柔的人在某些程度上与那个伤害自己的人不一样，那个家伙眼睛像眼镜蛇的一样。接着，他低头望向妈妈的尸体，缓缓跪下，再次躺在妈妈身边。

卡莫轻声说道："小象，你在这儿跟妈妈待着。我去找人救你，待会儿再过来，好吗？我会尽快回来的。"

卡莫迅速赶走围过来的秃鹫，愤怒地叫喊、挥手，暂时把它们驱散了。然后，卡莫跑着离开了。

第三章

索尔兹伯里山庄农场——肯尼亚,1964 年

伊希永远不会忘记

    这个布局凌乱的古老建筑群坐落在小丘上，俯瞰着农场的土地，以及五十千米外的西察沃国家公园①全貌。除了产奶的山羊和生蛋的鸡，农场里面不准饲养其他动物，不然会引来下风处的捕食者。农场里的庄稼充其量也只能说贫瘠——路过的食草动物群，从大象到犬羚②，都会对庄稼下手——但这家人似乎也不怎么介意。或许是因为目前住着的这家人里有个专业的白人捕猎者。

    罗素·哈瑟维在伦敦长大，后来在牛津上大学，因战争而中断学业。他在英国驻北非第八集团军③待了两年后，意识到自己的使命在天空之下，而非伦敦的公司办公室里，因此当他休假去东非时，他仿佛看到自己的未来像幅藏宝图一样在提灯照亮的桌子上展开。如今，他三十八岁，在东非最大的集团洛德斯坦利有限公司带领旅客游猎，他从未如此快乐过。也许这种快乐不会持续很久，但他并

---

① 肯尼亚最大的野生动物保护区，分为东察沃和西察沃两部分，是世界上最大的野生大象聚居地。
② 一种体型细小的羚羊，主要生活在南非及东非的灌木林。
③ 第二次世界大战期间的著名部队之一，曾在北非和意大利作战。

第三章

不期待发生什么改变。年少参军的经历让他看到,人生可以在一瞬间天翻地覆。罗素那魁梧的身材、金色的头发以及健康活力的样子就像猫薄荷一样让客户的妻子们疯狂,但又不会威胁到男客户超强的自尊心——他们是世界上最富有、最有权势的男人。他们是欧洲贵族、企业领袖、好莱坞明星、富家子弟。

罗素的妻子吉恩与他们十二岁的儿子特伦斯此时在内罗毕①购物。特伦斯要添置一些衣物,这是他第一年离家去英语寄宿学校读书。吉恩不想让别人注意到自己的美貌,于是几乎没化什么妆,把瀑布般的金发扎成了蓬松的低马尾,但这却起了反作用——见到她的人无一不看得出神或为之着迷。

吉恩经营着农场,在那儿做事的有六个"小伙子"——全是黑人男性,不管是六岁还是六十岁,都这么叫——他们负责煮饭、搞卫生、打理农场和照料这家人,以及维护一大堆交通工具和在野外待上几星期所需的供给物资。尽管洛德斯坦利公司为世界各地的客户订机票、申请许可证、安排航班和接机、贿赂必要的官员来继续这门赚钱的生意,但吉恩负责为一百来个"小伙子"记账付款,当有消息称游猎即将开始时,这些"小伙子"就会从村里镇上赶来。

但吉恩真正热爱的是她在院子里开的那家小型动物孤儿院。周

---

① 肯尼亚首都。

围数百千米都在传她会收留任何失去父母的动物幼崽,尽力使它们恢复健康,如果能存活下来,就放归野外。这是动物救助的早期形式,现在大部分经过尝试和改进的方法都是后来才出现的。吉恩救助的大部分幼崽——尤其是大象——都死于震惊、心碎,或缺乏正确的照料方法。但她并未气馁,每当一个无辜的生命逝去,她除了感到痛心,更下定决心要找到让它们活下去的法子。就像她见过二十年前世界因抗生素的出现而改变,她也会坚持下去,直到找到那个法子。

此时,在一个停了四辆车的车库里,罗素在其中一辆带篷的路虎车内忙着。这时四十岁的总管家纳亚加走了进来,低声告诉他公园向南二十千米的地方发生了事故,让他过去看看。是一个年轻的基库尤人一路跑过来告诉了他们这件事。罗素在一块抹布上擦了擦手,然后快步跟着纳亚加走了。

罗素十四岁的女儿阿曼达也注意到了。阿曼达是个红头发的淘气姑娘,她从内罗毕寄宿学校放学回家过周末。她放下手头的书——哈珀·李的畅销新书《杀死一只知更鸟》——然后悄悄跟了上去。

罗素被带到了卡莫面前,卡莫在厨房门外的阴凉处坐下,汗流浃背,一边喝水一边跟两个扛枪的瓦利安古鲁[①]人说着斯瓦希里

[①] 非洲原始部落。

语[①]。罗素对着目光庄严、风度翩翩的卡莫笑了笑，伸出一只手。原本蹲在地上的卡莫恭敬地站了起来，目光转向别处，跟罗素握手——或者说，他只是微微抬起手，允许对方跟他握手。对于当地人而言，他们要带着相同程度的尴尬和决心来容忍欧洲握手的习俗。

罗素说起了基库尤语：

"你好，我叫罗素·哈瑟维。听说你从恩古利亚[②]区域一路跑来这儿。谢谢你大老远赶来，我和我妻子真的很感激。你具体是在哪里看到那些大象的呢？"

卡莫没有用基库尤语回答，而是说着流利的英语：

"在河边的草甸上，那里有几座山丘，还没到高原。我带您去看。"

罗素目瞪口呆，扛枪的那两人也吃惊地对视了一下。阿曼达也笑了，自打她箍了牙套，就很少笑了。罗素终于问道："你是在哪儿学得一口好英语？"

卡莫耸了耸肩，但脸上仍保持微笑回答道：

"有位老师时不时会来我们村里的学校。我们称她菲茨杰拉德夫人，她是英国人。"

[①] 通行于东非，是非洲使用人数最多的语言之一，是肯尼亚的官方语言。
[②] 位于西察沃，有众多野生动物出没。

"这段时间我一定要见见她。听上去她很令人敬佩。"

卡莫点了点头,他发现自己对这个白人很有好感。他温暖的气场和深蓝的眼睛似乎能理解所有事情,而且他不像殖民地的大部分欧洲人那样居高临下。

"好吧。"罗素接着说,"我们要动身了,去看看能不能救下那头可怜的小象。"说完,他向扛枪的两人飞快交待了几件事,随后那两人陪着卡莫去车库,罗素则匆忙走进主楼打开枪柜。

"爸爸。"阿曼达在他后面说道,"妈妈和特里[①]不在这儿,我想跟你们一块儿去。这是唯一谨慎的做法。另外,你们需要一个女性来跟小象交流。"

"场面会非常血腥。如果我带上你,你妈妈会很担心的。"

"她不会介意的。毕竟,我挖过很多坟墓,见过很多带血的伤口。你不能保护我一辈子。"

罗素给枪上了子弹,然后锁上柜子。阿曼达很像小时候的他,他也是心智比年龄成熟得更快。罗素叹了一口气,他承认,如果不带阿曼达一起,那就太虚伪了,而他讨厌虚伪的人。

"好吧,上车。但如果你不舒服,别趴在我肩膀上哭。"

[①] 特伦斯的昵称。

第三章

* * *

小象做了一个梦。在梦中，天快要黑了，他肚子饿极了，想找到妈妈喂他奶水，但怎么也找不着。每当他在朦胧的暮色中发现妈妈的身影，她便走开了，小象拼命跑也追不上她，头阵阵作痛。

突然，小象身上又有新的地方疼了起来，这次是在左后腿。在梦中，他疼得一瘸一拐的，他对着妈妈哭，但妈妈庞大的身躯化作了影子。看着妈妈消失不见，小象叫喊着、无助地扑腾着。

小象在令人目眩的阳光中醒来，疼得更厉害了。他抬起头看见了不可思议的一幕：一只鬣狗在撕咬他的左腿，狗鼻子被血浸湿了。小象下意识地踹开鬣狗，把它头朝下踢飞了。鬣狗重新站起来摇了摇头，眼神呆滞而恶毒。小象慌忙站起来，身子斜向一边，低头盯着鬣狗。几只秃鹫在附近狼吞虎咽地吃着妈妈的尸体，互相发出嘘声，饶有兴致地观看。

一阵爆裂声撕破了空气，小象头晕目眩。那是他的一个姨妈，她的胃在烈日下胀满了气体，瞬间爆开了。鲜血和内脏喷涌而出，那群秃鹫和鬣狗奔向它们热腾腾的餐食。

* * *

救援小队开了两辆车，其中一辆是路虎，另一辆是带液压起重机的游猎卡车。罗素让卡莫和他一起坐在路虎前座，车子开在公园的土路上向南加速驶去，随后在卡莫的指挥下驶离道路。现在眼前尽是窗户高的野草间或有一株金合欢树①。罗素对越野驾驶很在行，这是一项必备技能，如果不小心以八十千米的时速撞上大石头或土坑，那么车轴和悬架就报废了。更严重的，可能会伤到脊椎和头部。那时车内安全带刚刚出现，人们过了好几年才开始习惯系安全带。

还有六千米，卡莫指向远处的林木线和绿化带，罗素知道那儿有一条河。一群秃鹫在三百多米的高空盘旋，很快罗素便朝着盘旋中心的下方位置驶去。车辆吓跑了两只同样朝那儿走的鬣狗，不久，一行人到达了那片草甸。

看到大屠杀的场面后，罗素转过头面向身后的女儿。

"你在车里待着，等我们确认安全后再出来。"他心里明白没有什么危险，但不想让女儿目睹这种场面。

十几只鬣狗满嘴是血，怒视着从车上走出来的罗素、卡莫、纳亚加和两个扛枪的瓦利安古鲁人。罗素举枪对着天空开火，震耳欲聋的射击声惊得那群秃鹫在翅膀的旋涡中尖声逃窜。鬣狗也狂吠起来以示反抗，但也很快转身跑到树林里观望。

---

① 一种形状酷似雨伞的平顶树，是非洲热带稀树草原的标志性树木。

第三章

几人立在那儿瞠目结舌,感到一阵恶心,但罗素更多的是愤怒。他看了眼卡格韦,对着地上散落的弹壳点了点头。卡格韦是扛枪的两人里年纪更大的那个,他是赫赫有名的捕猎者和追踪者。

"等我们处理完这里的事情,你带上马图一起去看看能不能找出是谁干的。"苍蝇的嗡嗡声太吵了,罗素不得不提高音量。

小象此时站在妈妈旁边,想要吮吸奶水。卡莫发现了小象,轻声安慰道:"找到你了,小朋友。我说过我会回来的……"

罗素也过来了,他看见了插在小象头上的弯刀,低声咒骂起来。事实上,罗素说了一大串脏话,如果那群盗猎者听见了,也许那晚就不会在喝得烂醉如泥后睡个安稳觉。

罗素意识到阿曼达站在身后,她的眼睛闪着泪光。现在,罗素后悔带她来了,这显然出乎她的意料,但她需要见识一下人类能有多么野蛮。多年后,阿曼达会告诉罗素,对于年轻时的她而言这是最深刻的一天,深深烙在了她的记忆中,影响着她此后做的每一件事。阿曼达感谢爸爸让她见到了这一幕,哪怕这永远改变了她对人性的看法。

小象带着难解的复杂情绪抬头看着这些人,他们显然与几小时前屠杀象群的家伙是同一物种,而且其中几个带着含油污和金属味道的装备,与之前杀死大象的武器一模一样。但眼前这些人的举动有一种抚慰的感觉,令他安心了一点。他们中最小的那个头上顶着一团橙红，闻起来像是年轻雌性，手里拿着一碗味道奇怪的白色液体在他身旁蹲下。到了这时候，小象已经饿昏了头，居然十分感兴趣地闻了闻，但他的鼻子动不了。

阿曼达轻声对小象说着话，尽力止住眼泪，手里端着奶油和山羊奶的混合物放在小象虚弱无力的鼻子下。

"噢，爸爸，他甚至没办法喝下去……"

"肯定是有些肌肉被割到了。如果我们不把他带回农场的话，他撑不过今晚。"

罗素拿出先前收在医药箱里的注射器，站在小象身后。他把针头扎进小象后腿，给他注射镇静剂。小象轻微动了一下，一会儿没了其他反应。接着，他轻声喘息着，慢慢跪了下去，最后沉重地侧身倒地。

* * *

纳亚加把游猎卡车倒进农场后面的外屋，这时一群被遗弃的动物围在栏杆前，看着起重机放下新来的伙伴。确保小象在围场里关好后，罗素便立刻给小象注射了镇静剂的解药。现在，金属笼子到了地面，蒙住小象眼睛的布被拿走了，门也被推开了。

小象眨着眼，满脑困惑地环顾四周，有毒柴油废气的味道充斥着空气。看到人类的居所后，他有点惊慌。所有的象崽都被教导要

第三章

远离这些地方,不然很可能意味着瞬间毙命,所以他的心跳加速了许多。他也看不懂自己所在的这个装置,所以当一条绳子把他往前拖,后边又有东西推着他时,他吓了一大跳,然后他出来了。他也没有意识到自己额头上原本插着一把刀,刀的位置刚好在眼睛中间的盲区,所以他并不知道罗素把刀拔出来并暂时给伤口和撕裂处绑了绷带。现在,他的头不像之前疼得那么厉害了。

在卡莫轻轻按住小象的时候,罗素、阿曼达和两个看守人领着小象进入带屋顶的棚里,与其他动物隔开,还给他盖上厚厚的羊毛毯。高原的雨季潮湿阴冷,幼崽们没有妈妈喂食和暖身子,可能会因为环境中的任何变化而死去。

"我要给我妻子发无线电。"罗素转身离开时说,"卡莫,如果你能留下来照顾小象直到她过来,那就太好了。"

"好的,罗素先生。"卡莫跪在小象旁边说道。小象透过绷带朝外看了眼陌生的新环境,他眼睛周围的绷带已是血迹斑斑,往下耷拉着。

* * *

罗素和阿曼达驱车赶往飞机跑道去接吉恩和特伦斯。接到无线电后,他们立刻搭乘洛德斯坦利公司的丛林飞机从内罗毕赶来。特伦斯简直就是他父亲的翻版——他有着十二岁男孩典型的肥胖和笨拙，尽管他成绩优秀，但这还是让他变得寡言少语，经常陷入痛苦的沉默。

　　吉恩以前尝试过救助一些被遗弃的象崽。每次这些大象都只能活一到两周，吉恩试过喂食各种动物奶，但都无法让大象获得所需的营养。每当一头象死去，农场里的每一个人都像失去了亲人般伤心。这些被救助的象都不到一岁，母乳喂养对小象的存活十分关键。现在的这头小象应该快两岁了，所以还有一丝希望。这一次吉恩想要把椰子油和人类婴幼儿奶粉混合在一起，从而达到象奶的脂肪含量。

　　一家四口下车后径直走向棚里，卡莫迅速从熟睡的小象旁起身。夜幕将至，几盏挂着的煤油灯已经点亮了。

　　"亲爱的，这就是我跟你说过的小伙子。"罗素轻声说道，"卡莫，这是我妻子哈瑟维夫人……以及我儿子特伦斯。"

　　两人准备跟卡莫握手时，卡莫害羞地低下头。

　　"很荣幸认识你，卡莫。"吉恩温柔地说，"我丈夫看人的眼光很严，但他觉得你非同一般。"

　　"谢谢，吉恩女士。我小时候就听说过您和这个地方，很高兴能认识您。"

　　吉恩瞬间就被吸引住了。卡莫超乎年龄的智慧让她感到惊讶，这里所说的智慧并非指他的捕猎技术，而是指他的思想。他还有着宽广的心胸。特伦斯一言不发,但他静静观察着卡莫,为之着迷。

"好吧,让我们看看新来的需要照顾的小象。"吉恩说着,跪在了小象旁边。他躺在毯子下,满头绷带,显得十分凄凉,吉恩低声骂道:"可恶的混蛋。"

随后,吉恩看了眼小象那长长的、令人心碎的睫毛。"我要去给这个小朋友冲一些奶粉。"她站起身,轻声对卡莫说,"然后由你来喂他第一瓶奶。"

二十分钟后,吉恩走了进来,手里拿着三瓶奶,把其中一瓶递给了卡莫。

"你只需要抬起他的鼻子,把奶瓶放进他嘴里。他自己会喝的。"

卡莫在小象耳边柔声叫唤,抬起他的鼻子,把奶瓶放进他的嘴中。起初小象不明白是在做什么,直到卡莫轻碰了一下奶瓶让液体流出来。小象贪婪地吮吸着奶嘴,几秒内就喝光了,这让他们很是高兴。

第二瓶奶是阿曼达喂的,结果一样。接着轮到特伦斯来喂,小象的眼里似乎有了光。

太好了,吉恩心想,至少小象喜欢这个味道,也知道自己需要营养。

*　*　*

希拉利·科尔是西察沃的医生和兽医,他从公园大门一直往南开了四十千米。一头不羁的白发显得他非常坚韧强壮,他也因为对病人的态度冷酷坚硬而臭名昭著。罗素领着他走进了棚里,科尔跪在小象身边,小心地将绷带拆开,在头灯的照射下检查伤口。科尔查看伤口的时候,小象往后退了一下。

"他的窦道破裂了。"科尔起身说道,"从他接触到的细菌数量来看,你要考虑严重感染的可能。"他从医药包里拿出一个注射器,在里面注满青霉素——这是当时最大的注射器——然后在小象臀部打了一针。

"已经过了多久,十二个小时?"他问罗素和吉恩。

"他的族群在天亮后不久被杀光了。"罗素看着卡莫说,卡莫点了点头。

"那么今晚他可能会发高烧。"兽医说。他另外拿出两针剂量的药给吉恩,"如果症状开始后六小时,病情仍没有好转,就再给他打一针。"他收好包,扯下手套。

"他有多大概率能活下来?"吉恩问道。她显然注意到了科尔的预断有所保留。

"这就要看他有多坚强了。"科尔注视着小象回答,"要看他想活下去的意愿有多强。明天你就知道了。"

第三章

晚餐过后,罗素被叫到了广播室。有一则相当紧急的消息,洛德斯坦利的一个捕猎者在马赛马拉①游猎时遭遇了意外,他们需要另一个人填补下周的空缺。罗素要在早上搭乘丛林飞机赶过去。

罗素去棚里跟卡莫和小象告别。他已经说过让卡莫多留几天,观察小象的变化——至少待到卡莫要回村结束成人礼的时候——但现在罗素想给他提供一份差事。

"卡莫,我和我太太聊过了。我们觉得你是个非常优秀的年轻人。如果你愿意的话,可以来动物孤儿院工作。那样你将暂时离开村庄,不过我听说你也不太乐意在那里待一辈子,对吧?"

卡莫不自然地笑了笑,以此作为回复。

"我们会照顾你的学业。不对,我们会请菲茨杰拉德夫人过来,时间随你。你与我们待在一起,直到从公立学校毕业,到时我们再看情况。"

卡莫望向罗素,不知道说什么。

"我想……考虑一下。我得跟家里人谈一谈。非常感谢您提供的机会。"

"好吧。"罗素想与卡莫握个手,卡莫也软塌塌地伸出手。"卡莫,握手时要像我一样有力。还有,看着我的眼睛。从今往后,你

---

① 位于肯尼亚西南部的大草原,动物繁多。

会经常与别人握手,你也要学会恰当的方式。"

卡莫的手握得更紧了一些,小心翼翼地与罗素对视上,罗素笑了笑。

"很好。那么我希望一周后能见到你。希望你照顾小象的过程能顺利。对了,由你来给他起个名比较合适,好吗?毕竟是你救了他。"说完,罗素转身离开了。

那晚,小象的高烧就像龙卷风一样,卷走了他所剩无几的力气,还让他像冻坏了一样发抖,但他的体温到了一百零三华氏度①。科尔教过他们如何用水给小象降温,需要三个人同时来照顾他。还需要用温水擦拭小象,若是他拒绝,也要逼着他喝水。

到了半夜,小象变得精神恍惚,在棚里照顾他的人都面临危险。这样一头五百磅的动物如果突然动一下,可以轻易碎掉人类的肋骨或一条腿,卡莫、吉恩和纳亚加轮流坐在他的垫草旁,小心翼翼地陪着他。象崽只有在成年大象旁才能入睡,实在没有的话人类也行,所以象崽会时常抬头看看,确保身边有人陪着。小象那热切的眼神令人难忘,两个物种间的情感联系迅速变得深刻,有时对于人类而言更是如此。

凌晨三点,外面下着倾盆大雨,小象烧到了一百零五华氏

---

① 约等于39.4摄氏度。

第三章

度①，十分危险，精神恍惚的症状也愈发严重。吉恩给小象注射了一剂青霉素，在他躺着的时候拼命大声叫唤。吉恩觉得可能要失去小象了，但她没有跟别人说。小象的眼睛盯着远方，他剧烈地扭动着，呼哧呼哧地喘着，窦道流出感染的黏液和血液混合物。有时候，小象知道是谁在陪着他，知道自己在哪儿，但紧接着，精神恍惚的风暴就再次来袭，三人认识的小象变了个样，身体抽搐着，在发烧时的梦境中四肢扑打着。

吉恩在旁边的简易小床上几乎没有入睡，除了分娩和在地下隧道躲避空袭②的那晚，这一夜是最漫长难受的。

天就快亮的时候，小象的烧退了，起初吉恩还以为小象死了，因为他一动不动。随后，吉恩意识到小象的眼睛在看着她。

"你好呀，小家伙。"她轻声说，"现在感觉怎么样？"

吉恩俯下身来，这时小象的鼻子翘起来靠近她，还碰了一下她的脸。吉恩再也控制不住自己，禁不住泪流满面。她看了眼体温计——一百零一华氏度——然后把头靠在小象的头上，让眼泪流向他那惹人怜爱的、带点褶皱的灰棕色脸庞。小象用鼻子大声地喷气，然后抬起头环顾四周，似乎是第一次见到吉恩和这个漏水的棚。

---

① 约等于40.5摄氏度。
② 这里指的是1940年德国对英国的空袭。

第四章

索尔兹伯里山庄农场与窄谷镇[①]，1964 年

[①] 位于肯尼亚巴林戈郡的一个小镇。

我肯定是从山坡摔了下来,我记得我醒来的时候是这么想的,我找不到别的理由来解释为什么我浑身这么酸痛。我的头仿佛被一头愤怒的长角动物顶到了。多年后在旅途中,我认识了一只这种动物——他在我对面的围栏里,也是在那里我第一次见到了雪——他们确实跟瞎了差不多,而且出奇地无聊。哪怕我俩都困在一个地方,而且都可能在这个地方度过下半辈子,我也没法跟他聊天。高处笼子里的树上居民更会聊天,不过他们有点聒噪。

我一瘸一拐地在新环境中慢慢走了一圈,这时我感觉生命中很重要的一部分缺失了。接着,随着脑海中的迷雾逐渐散去,我突然想起:我的族群在哪里?我的妈妈、家人发生了什么?这里没有他们的痕迹。其他的动物都是头脑简单的平原居民,所以他们没办法解释这是哪里、我们为什么在这里。虽然有善良的"两脚兽"给我们喂食、照顾我们,但被迫离开亲朋好友又独自醒来不明所以,这还是让我十分不安。

有个年轻的"两脚兽"在照看我并给我喂一种奇怪的、我没喝过的奶,他肯定不能代替妈妈,但他给我一种亲切熟悉的感觉。我

第四章

沿着高高的栅栏在山坡上跑上跑下,想要在这个地方找到妈妈的气味,但被栅栏挡住了路,我开始发怒。一只跟我旧时玩伴很像的大胡子幼崽不停在后面撞我,直到我终于转身把他撞倒。

看到这一幕,所有的"两脚兽"都跑了起来,我也开始跑了起来。我的尾巴笔直向后,鼻子伸直向前,四肢飞速移动,我们小时候才这样做。我撞到了栅栏并摔倒在地,既生气又因添新伤而感到疼,后来我的头特别晕,又睡了回去。

* * *

有一件事卡莫没有跟任何人说,至少没有跟索尔兹伯里农场的人提起过,他对于那天看到骑马离开的盗猎团伙有一种不安的感觉。尤其是领头的那个人。他的脸似曾相识,但他一闪而过,卡莫又是躲在灌木丛里看到的,所以卡莫也不确定。或者说,至少卡莫是这么说服自己的。但那段记忆折磨着他,挥之不去。

救助小象后的第三天,卡莫回到了村庄。哄着弟弟妹妹睡着后,他又去跟父母说晚安。他在脑海中把要说的话排练了好几天,最终才告诉父母他在徒步历险时的见闻,以及罗素给他提供工作机会的事情。卡莫的父母既惊喜又表示怀疑,和卡莫预想的一样。他们要求先与那家人见个面,之后再做进一步讨论。

但他们也很自豪,对于这个机会还有点窃喜。他会把一部分工资寄回来，不是吗？他将受到良好的教育，到时候他可以在城里找个好差事，甚至可能在新政府工作。未来的种种可能在他们眼前展开，至少是两个农村父母所能想象到的可能性。尽管有点紧张，但他们也开始期待这些可能性。

后来，在罗素从马赛马拉回来的前一天——那天早上卡莫要到达农场，开始在孤儿院工作——卡莫从断断续续的梦境中醒来，想起了那个盗猎者的身份。

那时卡莫还只有八岁左右。他记得盗猎者是他们村子里的人。若真是如此，当时那个盗猎者约莫十七岁，是个恶霸，卡莫和所有朋友都害怕他。他不可能记得卡莫，因为他从不把小男孩们放在眼里。卡莫记得他后来把一个年纪大一点的男孩打得很惨——因为他自认为受到了侮辱——被打男孩的父母发誓要报仇，于是家里几个人在那天深夜找上门来。盗猎者不得不逃出村子，此后再也没人见过他。

那个人长大后相貌稍有不同，但卡莫在脑海中一遍又一遍回忆那群骑马的人，意识到盗猎头目和以前那个恶霸是同一个人。他之前的名字是吉钦加·基马蒂，这六年，他显然变得更加心狠手辣了。

* * *

许多偏远村镇如雨后春笋般遍布在东非的郊外，窄谷镇便是

第四章

一个典型。1959年，在绵延的青山下，一个勤劳的土地主在红土路旁开了家"杜卡"，也就是当地人所说的杂货店。就像一粒种子一样，杜卡在几年的时间里蔓延开来并转变成了三千多个部落居民的中转站，这些人想离开乡村生活，但又没有资本或胆量径直去往一百六十多千米外的内罗毕。在那儿，棚户区就像狄更斯笔下伦敦的地狱版，你可能会消失不见，要么成为非洲的坏蛋费根[1]，要么从此杳无音讯，后者的可能性大得多。

这些小镇由废料、胶合板和铁皮盖成，没有自来水和电，偶尔遇上大雨还会被冲走，但却为那些想要逃离犹如十五世纪的生活方式的人提供了一种新的生活方式。酒精和卖淫接踵而至，接着是泥泞小巷里堆积如山的垃圾和报废车辆、未经处理的污水和滋生的疾病，以及猖獗的地下犯罪。

卡格韦和马图在罗素的指派下查找盗猎者的下落，走了两天后，他们在一个电闪雷鸣的雨天来到了窄谷镇。他们沿着马的足迹，从草甸走到大路，发现了一辆卡车的轮胎痕迹。他们碰见了这辆卡车，车里看上去像装着象牙。在一条车来车往的土路上追踪轮胎痕迹是个蠢差事，所以他们先前一直跟着马匹，一路从园区走出来，最终到了这个西北方向约三十千米处的小镇。马在肯尼亚是罕见的

---

[1] 狄更斯所著《雾都孤儿》里的反派角色。

动物——因为马被舌蝇叮咬后会在数日内染上昏睡症——所以两人猜想那些马原是运去屠宰的,盗猎者"借用"了几天,然后才被宰杀。

卡格韦发现了一家卢欧①屠夫的店,而马图找到了一个在前院外面干活的修理工。没过多久,两人都有了线索,了解到谁可能对马有兴趣、谁有便宜的大口径步枪。然后他们进行了侦察,发现线索都指向小镇同一区域的基库尤人。他们找到了几个棚屋,发现这些屋子共用一堵墙,有着相同的铁皮屋顶和新建的木制门廊。在窄谷镇这种地方,这些意味着住在里面的人有些财富。

卡格韦和马图很擅长追踪和用弓箭狩猎,掌握着一项几乎没人能理解的技能,那就是他们能够完全隐身于环境中,任何人或动物都无法意识到他们身在其中,等到发现他们的时候,一切都晚了。一个小时后,他们的等待有了回报,两个住户回来了。卡格韦和马图观察着他们的举止,并被其中较瘦的那个人吸引了注意力:他冷酷的黑眼睛以及对同伴的贬低告诉了他们想知道的一切。

这两个人一边喝着棕榈威士忌,一边打着扑克牌,雨点噼里啪啦地落在铁皮屋顶上。卡格韦和马图几乎可以肯定,那个瘦削的人

---

① 属东非一个民族,主要分布于肯尼亚西部,是肯尼亚境内第三大民族。

是这次行动背后的策划者,他的脾气很暴躁,似乎有着可怕的野心。他们得知那人名叫吉钦加,是"放火者"的意思,真是人如其名。

* * *

在一片尘土和螺旋桨气流中,比奇男爵①飞机降落滑行后停到了等候中的路虎车旁边。罗素下了飞机,走进凉爽的夜。他跳进副驾驶座,吻了一下吉恩的嘴唇,即使已经结婚十五年,生了两个小孩,他们仍被彼此强烈地吸引,之后他问吉恩的第一个问题是:小象还好吗?

"他不仅活下来了,"吉恩回答,"而且用魅力征服了孤儿院。人和动物都很喜欢他。他确实很喜欢按自己的意愿行事,哪怕这意味着横冲直撞。"

"这会带来什么麻烦吗?"

"不,不会,他学得很快。他很聪明。"

"我们的基库尤小伙子呢?"

"他似乎天生就是干这份工作的。"吉恩开着车,沉思了一会儿,"我有预感,未来他会管理动物孤儿院。"

"话别说太早了,他才来不到一周。"

---

① 比奇飞机公司研制的轻型公务机。

另一辆旧一点的涂了迷彩的路虎车正从对面驶来。两个司机都闪了闪前灯,把车停在路中间,车窗相对。

伊恩·马斯特森把头探出来。他蓄着胡须,六十岁,看起来更像大学教授而非察沃的狩猎监督官。

"医生跟我说了孤儿院新来的动物。他表现怎么样?"

"他康复得不错,已经习惯了喝配方奶。"吉恩回答,"我们认为他活下来的概率很大。"

"很好!"马斯特森的目光越过吉恩看向罗素,"特伦斯怎么样?他是不是很快就要去英国了?"

"事实上,他早上就要出发了。"罗素回答,"伊恩,你应该去当镇上的八卦员。"

马斯特森笑了:"关心别人的事是我保持年轻活力的方式。"

"到周末我们会想他的。"吉恩叹了口气说,"但至少他在斯塔福德郡能离我父母近一点。"

特伦斯之前一直在内罗毕的男子寄宿学校上学,不过现在伦敦北部的贝德福德学校①正等着他,就像曾经的罗素和哈瑟维家前面的六代男人一样。在英国,上层阶级的子弟到了八九岁就应该离开家去上学,他们都毫无怨言地照做。

---

① 英国顶尖私立寄宿男校,全英国二十四大公学之一。

第四章

"等一下。"马斯特森说着,走下车并从车后拿出一个麻袋和一根捕蛇棍。一条三米多长的大眼镜蛇正在路上爬行。马斯特森熟练地把蛇挑起并装进袋里系紧,然后把那个蠕动的袋子放在车后座。

这时,一群长颈鹿庄严地大步走过,离他们不到二十米远。哪怕这三人习惯了每天在生活中看到各种动物,也仍然惊奇地看着这个场面,默不作声。

晚餐过后,罗素去找动物孤儿院的几个看守人,他们刚把动物们哄去睡觉。卡莫在棚里与小象待在一起,罗素走进去的时候他正在灯旁读书。

"很高兴听到你留下来的消息。你父母有没有什么意见?我们是否需要去看望一下他们,表演一番?"

卡莫一跃而起,眼里满是笑意,摇了摇头回答道:

"不需要的,罗素先生。他们为我感到高兴,也很满意这份工作带来的好处。我想再次感谢您给我提供这个机会,也希望我能不负期望。"

"我很确信你能胜任。"罗素跪到地上轻轻摸着小象,此时小象侧躺着观察他俩。他检查了一下小象的伤口以及额上缝的针,"我看他康复得不错。他有名字了吗?"

"我也这样觉得,罗素先生。他的名字叫'阿纳伊希',希望您能同意。"

罗素思考了一会儿，然后点头："特别好。非常适合。寓意'他活着……他还在……'他们杀不死他，不是吗？"罗素微笑着低头看向小象，"你同意把'伊希'作为他的小名吗？这样赶时间的时候更容易叫，你觉得呢？"

卡莫喜不自胜，低头看着小象。

"我也这么想，可以的。伊希。"他轻声对着小象又说了一遍，小象扇着耳朵。

罗素在早上开车送吉恩和特伦斯到飞机跑道，为他们送行。当吉恩踏上机翼，俯身进入飞行员身后的座位时，罗素紧紧抱住儿子，在他耳边轻声说：

"可能你有时会感到孤独，觉得自己住在月球暗面。当你有这种感觉时，记住，我也曾有过一样的经历。我的父亲，还有我父亲的父亲，都经历过。这很正常。你只需要跨过这个坎。"罗素给了儿子一个拥抱，轻轻摸了一下他的脸颊，"记住我们有多么爱你，你要坚强，因为如果你让大一些的男孩看到你的脆弱，他们就会让你很痛苦。你听明白了吗？"

特伦斯点了点头。他尽力给爸爸留下最后一个微笑，登上那架熟悉的男爵小客机。罗素最后一次捏了一下儿子的肩膀，对着妻子

第四章

点了点头，然后关上了门。

螺旋桨迅速发出嗡嗡声转动起来，飞机转头滑行远去。罗素举起手臂，目送飞机奔驰而过跃到空中。

吉恩今晚要回内罗毕，所以罗素有一天的时光是属于自己的。这天他要去狩猎——但不是为了猎物。

前一天深夜，罗素出门去了员工住的地方，发现卡格韦和马图正在炉火旁。罗素一边抽着烟斗，一边听他们讲述在窄谷镇的发现。现在他们三人在伊恩·马斯特森的帮助下准备去会会这个吉钦加。虽然还没有任何切实证据，但罗素有足够的信心，他已经给当地警察局的一个高层朋友打过电话，让他向内罗毕的总检察长办公室申请搜查令。这是目前能做到的了。

罗素在想，象牙对这些盗猎者来说意味着什么，这种感觉令他不安。此时此地，他带着富有的白人男性走向一头成年公象，然后站在一旁，看着他们射杀公象并把象牙运回家以满足虚荣心。罗素靠这个挣了一大笔钱。除了为获得射杀大象许可证而支付的五千美元，以当今的货币计算是五万美元，这些钱可以用来照顾公园里的其他动物，这与那些贫穷的非洲人杀大象取象牙又有什么区别呢？这是不是有点虚伪？

卡格韦和马图在他们的时代都是著名的盗猎者，许多扛枪的人在游猎贸易中也很出名。瓦利安古鲁人是凶猛的猎人，会用毒箭射倒公象，但他们狩猎是一种部落仪式，是为了获取肉食，而不是为了把象牙卖给奸商运往亚洲黑市。几个世纪以来，他们一直这么狩猎，直到白人来了，"教育"他们猎杀大象并不是对他们最有利的。卡格韦和马图之前就被当局抓获并定罪，服刑期满之后，现在已经"洗心革面"了。

但无论如何，罗素一周前目睹的那场屠杀是异常残忍的。盗猎者用杀伤力巨大的步枪肆意灭掉整个象群，这让罗素意识到，对付这个吉钦加，他必须比对一般盗猎者还要严厉。不然，他还会回来猎取更多象牙。

* * *

他们三个开车到窄谷镇，遇到了马斯特森，他的两个追踪者在车旁边站着。他们都带了武器，任何图谋不轨的人看到这群人的步枪都会保持安全距离。

马图跟着马斯特森一行人走了，他们在小镇后方停了车，从身后的小巷靠近棚屋。罗素和卡格韦则从前门的路上走进去，当罗素手表上的针指向 11 点 15 分时，他们走上了门廊。

这时，一个年轻女人怀里抱着婴儿，盯着排在纱门前的几人。

第四章

卡格韦举起枪对准，罗素则单手轻握着韦瑟比[①]猎枪。

"我想跟您丈夫聊一聊，拜托了。"罗素讲着基库尤语，"让他出来门廊，我们不会伤害任何人。"

后面传来一阵尖锐的噪音，门或窗被猛烈推开，接着有人用基库尤语大喊：

"别动！下来！"

马斯特森和马图之前就从后方阴影中走了出来，挡住了那人逃跑的路，用枪直接瞄准他的头。那个年轻人跪倒在地，恳求他们别开枪，这时马图认出了他，于是对着前面的罗素他们大喊：

"罗素先生，是另一个！吉钦加还在里面！"

罗素面前的女人僵住了，瞪大了双眼。她怀中的婴儿开始啼哭。罗素提高了嗓门，但并没有增添威胁的意味：

"吉钦加，我只想跟你谈谈。请你出来到门廊上，我们不会伤害任何人。"

过了一会儿，一个身影出现在卧室中，双手高举。他只穿了T恤和短裤，瘦削的手臂上结满了装饰性的疤痕。卡格韦点了点头，这就是吉钦加，于是罗素示意他出来。罗素能感觉到，有几十个居民在附近的棚屋里看着他们。

[①] 顶级猎枪品牌。

吉钦加让妻子把小孩抱进卧室，关上门，然后走到外面，迎上罗素的目光，眼里没有一丝恐惧。吉钦加在台阶上坐下，平静地点上一支烟。罗素仍然站着，但放下了枪。

"我猜你知道我们的来意。"罗素继续用基库尤语讲道，"你们的马留下了足迹，带着我们从恩古利亚区域一路差不多到了你家门口。我和这位监督官负责看管察沃国家公园，有人屠杀我们园区的保护动物，这对我们、对任何文明人而言，都是一种冒犯。尤其是你们的做法惨无人道。"

"你们的园区？"吉钦加讥笑道，然后往地上呸了一下，"我印象中政府已经换了。现在，园区是肯尼亚人民的，不是你们英国人的。"

罗素保持着外表的平静，但他不得不控制住自己，没有用枪托把这个混蛋的牙齿打掉。

"就法律而言一切都没变。盗猎仍然是一种犯罪，可判处监禁和罚款，旧政府的法律如此，新政府的法律也一样。你凭什么态度这么嚣张？你以为自己是谁？"

"我觉得我并没有那么嚣张，而是……有信心。我有信心，你们那套规矩不久就没法约束我们了。我们会找到活计挣钱，就像这些年你们从我们的土地上挣钱一样。要是现在就有那样的活儿，也许我们的人就不会为了钱而被迫杀死你们神圣的动物，不是吗？"

第四章

"你的想法大错特错。那些动物是我们的，也是你们的。越早认识到这一点越好。"

在后方行动的那拨人也出现了，还带来了吉钦加的一个同伙，那人的手被绑在背后。马斯特森与罗素会合，冷眼看着吉钦加。罗素继续说：

"但你所说的与我们来这儿的原因无关。你和你的朋友屠杀了整个象群，留下尸体在烈日下腐烂，这是犯罪。我猜幕后主使另有他人，我想知道是谁。谁付钱让你们做这些？谁买走了象牙？"

吉钦加深深吸了一口烟，烟气慢慢从鼻孔里冒出来。"要是我跟你说，你带不走我们，也没法把我们鞭打出血呢？"他说着露出了虚伪的笑，"如果你觉得我们还活在那个年代，你就错了，老家伙。"

罗素瞥了一眼马斯特森，他对吉钦加的反应比自己还要震惊。吉钦加精明又危险。显然他不是什么头脑简单的盗猎者，他会是这一路上不可小觑的阻力。

"我从未打过任何一个盗猎者。"罗素回答，"也没用鞭子抽过。我看守园区的时候没发生过这种事。"他俯身靠近吉钦加，这样只有他们两人和马斯特森能听见接下来的对话，"现在，我对着一两个盗猎者开了枪，这我承认，但仅仅以示警告。如果我认真的话，不可能打偏。要是我再听到类似上周的事发生在我的园区，我会杀光那些盗猎的人，让他们在烈日下腐烂。听明白了吗？"

吉钦加点了点头，然后把香烟扔在地上，让罗素和马斯特森惊愕的是，他赤脚把烟踩灭了。

"但我也要警告你们。"他答道，"你们感兴趣找的人可能很有权势。权势大到你们应该离得远远的。如果你们继续找下去，可能会丢掉执照，被迫离开我们国家。听明白了吗？"

罗素后退了一步，盯着吉钦加，愤怒消失了，取而代之的是什么冰冷却又未成形的感觉。他意识到了这是什么。罗素看到了他的生活、他的家人以及所有英国人在东非的未来。这个男人代表着未来的第一波浪潮，将要改变罗素在这里的所有认知。

罗素只能说："等着瞧吧。但与此同时，我要跟你做个交易。要么告诉我们买家的名字然后走人，要么跟我们去内罗毕走一趟。地方法官在那儿等着我们，还有总检察长办公室带来的指控，这意味着你和这个朋友要在牢里坐上几年了。"罗素回头看向昏暗的房间，"那对你妻子和小孩来说确实不好过，我是这么想的。不过这完全取决于你。"

吉钦加重重叹了口气，不过大部分是因为他与朋友下午喝酒打麻将的计划泡汤了。他站起身，把胳膊伸出去，等着面前的人给他戴上手铐。

"来吧，玩玩你的游戏。让我们一起开车去内罗毕。"

罗素尽力克制住脾气，但还是爆发了。他点头示意马图拿出一段麻绳，随后推着吉钦加转过身，将他的胳膊拽到身后。马图迅速绑住吉钦加的手腕，罗素则使劲把绳结打得紧紧的，一定要让吉钦加吃点苦。

"你想换身衣服吗？虽说有囚服，但你可能会想给地方法官留下好点的印象。"

吉钦加只是笑了一下，摇摇头，仿佛世界上没有什么是他在意的。罗素一行人带着吉钦加和同伙离开的时候，吉钦加回头对妻子大喊：

"跟小伙子们说一声，我们明晚在家吃饭。"

第五章

赞比亚，当今

伊希永远不会忘记

雨终于停了，布莱克曼在T2公路①旁停下车，从他的丰田陆巡越野车上走出来。雾气笼罩着森林冠层，他身后的车辆轰鸣般驶过，尾流把他的车都晃动了。布莱克曼揉搓着因为刚刺完青还在疼的地方——刺的是一条蟒蛇，是他以前在罗德西亚②军队时所属团体的标志，盘踞在他肌肉发达的前臂上——接着布莱克曼走了一段路，透过灌木丛望向公路的防护网，直到找到了那个地方。

防护网前面被踩过的灌木枝叶就是一个确凿的证据：防护网被切断了，可能是当地人为了少走几千米，想横穿公路到下一个立交桥。随着时间的推移，这个缺口已经生锈，变得越来越大，最后倒塌，直到成为一个缺口，似在邀请别人通过。以每小时将近一百三十千米疾驰而过的汽车绝不会注意到这个缺口。

布莱克曼继续往里走，低头看向泥泞的水坑，然后停住了。

"去他的。"他嘀咕道。布莱克曼跪了下去，这很明显是大象

---

① 位于赞比亚，是卢萨卡与铜带省、北部省联系的主要通道。
② 1965年，位于南部非洲的英国殖民地单方面宣布独立后取名为罗德西亚，沿用至1979年。1980年再更名为津巴布韦。

的足迹,从防护网缺口一直到混凝土公路。这样看来,那个医生看到的不是幻觉。

这绝对是一头迁徙中的大型公象。如果他是从某个园区逃出来的,那几乎可以确定是赞比西下游国家公园[1],但他为什么要往北走呢?还穿过了人类的地盘?他穿过的地方主要是商业农场与核心区,有一条专为野生动物修建的通道。但根据 Droid[2] 上面的地图,这头大象离开那儿一百多千米远了,如今他已经穿过了公路,朝着人口密集的区域前进。

如果这头大象身体健康,为什么要离开保护区呢?区内草木茂盛、水源充足,而且两万多平方千米内就能找到母象——成年公象所需的一切,园区里应有尽有。这是不是意味着他生病了?他现在会对人类造成威胁吗?当然,这似乎意味着得赶快把他处理掉,甚至比布莱克曼最初预测的还要快。

布莱克曼观察着电子地图,向北滚动到下一个城市,卡布韦[3]。在大象到达卡布韦市郊之前,他们也许还有两天时间。如果布莱克曼这个下午还没有听到 GPS 人员的回复——或者他们的卫星没有找到该地区移动的芯片或项圈——那么布莱克曼就只能再找一

---

[1] 位于赞比亚东南部赞比西河北岸,占地 4,092 平方千米。
[2] 摩托罗拉旗下一款智能手机,2009 年上市。
[3] 赞比亚中央省的首府。

个追踪者，并且要快。

* * *

　　夜晚是我的朋友。向来如此。尽管我的眼神大不如前，但还是够用的，嗅觉也依然十分灵敏。所以我在黑暗中悄声前行，脚步放得很轻，穿过远处"两脚兽"窝里偶尔射过来的灯光。我能闻到或听到几千米外的人，我知道要跟他们保持很远的距离。有时，他们家养的动物会跟在我身后一段时间，发出低沉的吠叫以威胁我，但我只是继续前进，那些动物总会放弃然后回去睡觉。

　　白天，我藏身于树丛中，有什么草就吃什么草——我的牙齿咬不动树皮或叶子，所以我压根儿不费神去吃那些——如果树荫刚好的话，我就侧躺着睡觉，路人也看不见我这年老的身躯。我现在每天能走的路也许只是年轻力壮时的一半，但年纪教会我要节省力气并远离"两脚兽"的视线。虽然有些"两脚兽"善良和蔼、乐于助人，但你永远都不会知道哪一个可能把你害了。我们的活动范围被他们的世界所包围，这我很早以前就意识到了。人类是地球的统治者，数量也十分庞大，我们其他动物都任由他们摆布。

第六章

索尔兹伯里山庄农场——肯尼亚，1964年在我长大的地方，"两脚兽"都是善良和蔼、乐于助人的，在那儿的时光于我而言是美好的回忆。当我习惯了不再是象群中的一员，习惯了没有妈妈和亲戚的照看，习惯了只能在护理员的陪伴下才能离开山顶……日子就变得好过些了。

最初发现我的那个黑皮肤男孩与我形影不离，我们经常一连打闹玩耍几个小时。这一家的女主人在某种程度上成了我的妈妈，要是我表现不好，她便会管教我，语气中带着恼怒，这是我无论如何都要避免的。他俩和一个可爱的红头发女孩会给我喂醇厚可口的奶，乳汁来自某个地方的神秘妈妈，但我从未见过她。

我对他们家的那个雄性非常感兴趣，我没法从其他公象身上学习，所以每次那个男人过来时，我都会仔细观察他的举止。其他的"两脚兽"们都对他十分顺从，哪怕他并没有要求别人这么做，这就像气味一样萦绕在他身边。连我也被他深邃睿智的眼睛所吸引，当他抚摸着我的头，面对我低语时，我有一种温暖晕眩的感觉。

一个宁静的月夜，我被远方的声音吵醒，我认出来了那是什么，心跟着狂跳起来。睡在旁边的"两脚兽"伙伴没有动静，我意识到

第六章

他是听不见的，尽管那声音在我内心轰响如雷。那声音是我的同类发出的！他们正路过山顶下面的某个地方，其中两头象在激烈地争吵。我还听到了其他大象的脚步声，不过他们并未参与冲突。

我迅速站起来，跑到外面的栅栏旁，现在我能听到其他大象的悄声谈话，还能嗅到他们的气味。我拼命大声呼喊，他们全部陷入了沉默。接着，我开始说话，我之前甚至都不知道我能这样，这种声音我从未发出过。我问他们是谁，有没有听过一个象群，母象王叫作月亮妈妈。

我听到他们之间在悄悄商量着，随后母象王用低沉的声音回应：

"请不要尖叫，小伙子。你是谁，你和两脚兽在一起做什么？"母象王的态度并不友好、热情，事实上她让我想起了暴风。

这时，我的"两脚兽"伙伴出现在我身边，关切地对我说着话，试图带我回去睡觉。我挣开他，小跑到山顶栅栏的最高点，然后我看到了在月光的映衬下远处象群的身影。

他们也抬头望着山上的我，随后我的同伴来了，也看到了那边的象群。他豁然开朗，轻声鼓励我，于是我回复母象王说：

"我离开象群的时候还太小，连名字都没有。现在我跟两脚兽住在这里。你对我以前的象群有任何了解吗？也许你听过他们中的一些——独牙、昏昏、聋耳……"

象群间进行了一场安静而激烈的谈话，时间很长，让我有点不自在。之后，母象王给了我答复：

"小家伙，我们象群中有些成员对你的族群有所了解。恐怕他们没有好消息带给你。"我害怕听到她接下来的话，但该来的还是来了：

"上个雨季的某个时候，你的家人遭到了两脚兽的杀戮。屠狮女王一族发现了他们的尸体，当尸体只剩下骨头后，就在河边被就地掩埋了。不过，要是你真的来自这一族，怎么会毫不知情呢？"

卡莫听到伊希发出悲伤的声音，误以为他是想要逃离农场、加入象群。他哪里知道，小象当时心碎不已。接着，尖声号啕变成了令人不安的哽咽。小象转身向山下跑去，一头跳进"水坑"中——那是他们前不久刚用拖拉机挖好的一个池塘——然后把自己浸在里面，直到只有象鼻能被看见。

卡莫站在水坑旁边，不知如何是好，随后吉恩妈妈出现在他们旁边，想知道是什么引起的喧闹。卡莫便开始解释他所见到的。伊希浮出水面时，四肢都是往下沉的，仿佛有个看不见的重物要把他压碎。吉恩抬起头，捏了捏卡莫的手臂，指向前面的栅栏。路过的象群中有两头母象站在那里，离他们不到十米远。尽管伊希没有看那群大象，吉恩和卡莫也看得出他们在进行某种交流。

"小家伙，现在你要为族群感到悲痛欲绝了。我们对此感到很抱歉。听说你妈妈是备受爱戴的母象王。"

第六章

听到族群的命运,我感到难以承受,说不出话来。过了一会儿,另一头母象开口了,我从未听过这么善良的声音:

"你还太小,没法跟我们一起走,小家伙。但每个雨季过后,我们都会回到这里。当你准备好加入我们的时候,我们就在山脚下等你。也许你的两脚兽朋友会放你走。听说他们人很好。"

我也许含糊不清地说了些什么以表达感激,因为她睿智又温柔。之后,我不知不觉回到了床上。水让我的身体冻僵了,但更难受的是,这个打击让我的心里结冰了。我的"两脚兽"朋友们给我带来了热奶,还为我盖上了毛毯,在我发抖的时候陪着我度过了剩下的夜晚。

就这样,伊希开始有了变化。从那天起,他成长的速度更快了,在了解自己成为孤儿的来龙去脉之后,他似乎是在为最终离开索尔兹伯里农场而做准备。他要变得更强壮、更成熟,这样非亲非故的族群才会接受他,这是直觉告诉他的。

伊希断奶了,开始只吃植物。他也不再与其他动物孤儿玩耍,不过他还是很喜欢一只小斑马。这只小斑马像影子一样到处跟着他,大多数晚上都睡在他旁边。卡莫和其他看守人想要哄伊希进行日常的打闹比赛或捉迷藏也变得没那么容易了,而这些游戏是吉恩制定的,模仿了伊希本可以在野外与兄弟姐妹进行的互动。

伊希日常在农场外散步的时间也变得越来越长,他会试探看守人的耐性,故意越走越远,进到了山里。终于有一天下午,他一直散步到了晚上,夜幕降临仍不肯回去,于是一个看守人跑回索尔兹伯里把罗素叫来。罗素在伊希前面停了车,挡住他的去路,然后跳下车站在车灯前,脸离伊希仅有几厘米远。

"多亏了我们,你才能在这里。如果你想要这样子离开,那我永远都不会原谅自己。现在,你给我立刻回农场去。"

伊希看着罗素,他还不懂罗素说的话,他要到多年以后才听得懂。但他能读懂罗素的语气,也明白罗素伸手指向山那边的农场是什么意思。伊希的鼻子耷拉着,双眼低垂,看上去有点伤心。他转过身,开始沿着原路往回走。当看守人开始小跑时,伊希加快了步伐,冲到他们前面,一路跑回家。

* * *

与盗猎者发生冲突两周后,罗素被洛德斯坦利公司派去蒙巴萨①出差。到了蒙巴萨,罗素决定见一个曾在前殖民政府工作的老朋友,鲁珀特·马修斯。独立前,这位朋友曾是肯尼亚金融部长,如今是肯尼亚最有名的两家酒店的所有者之一,这两家酒店分别为内罗毕的新史丹利酒店和蒙巴萨的皇冠酒店。鲁珀特认识很多达官显贵,蒙巴萨这个港口城市又是肯尼亚所有合法与非法货物进出口

---

① 肯尼亚第二大城市。

的主要转运点,所以罗素猜想,他也许知道象牙贸易中的高层参与者。

吉钦加被逮捕起诉的第二天,罗素便接到了马斯特森疯狂怒斥的电话。

"那个混蛋今早出狱了。竟然出狱了!"

"谁?"罗素不解地问道。

"那帮该死的盗猎者,还能有谁。内政部新来了个律师,把他俩放走了。说是起诉证据不足,连罚款都不用!那个律师就这样放他们出狱了!"

罗素感觉受到了羞辱,脸都红了。这口气很难咽下,但那个混蛋赢了,胜负已见分晓。他甚至还预言了后果。所以游戏被操控了,如果罗素想避免更多的大肆屠杀,他就必须将法律掌握在自己手中。行吧,就这样干。他以前也对人开过枪,不过都是远距离射击,而且是在一场战争中。罗素意识到,这也是一种战争,在这片移居的土地上他可以再开一次枪。只不过他需要非常小心。

罗素和鲁珀特在皇冠酒店的池畔吧坐下,俯瞰日落时分海风拂过的沙滩,喝着金汤力[①],抽着卡斯特罗执政前的古巴雪茄[②],热切

[①] 一款高档鸡尾酒,主要由金酒和汤力水调成。
[②] 指1959年之前的古巴雪茄,风味口感绝佳,价格昂贵。

地交谈。鲁珀特满头银发，穿着一套蓝色哔叽西服，跟罗素那些世界闻名的客户一样优雅讲究，而且认识新旧政府的每一个当权者。鲁珀特掌握着他们所有人的各种趣闻轶事，其中包括新总统乔莫·肯雅塔和他那有权力欲和偷窃癖的夫人恩吉娜。

"那个盗猎者说得很对。现在他们都有保护伞，未经某人的同意，那些货物便没法在这里出售。我想，野生动物的未来才刚刚在我们的眼前展开，画面不会太好看。有些物种可能会灭绝，例如犀牛。亚洲人会花大价钱来买一个血淋淋的犀牛角。"

罗素坐在那儿，不肯全然接受这一想法。他想确认自己是否别无选择。

"那书上的法律呢？不会再有人起诉他们吗？"

鲁珀特回答时温和地笑了笑。"罗素，我的朋友，是政府在保护他们。政府那帮人才是最大获益者。造孽啊，据说肯雅塔夫人也卷入其中。这我是相信的，"他往后靠，呼出一口烟，"我们有一群人对此不太高兴。如果你想帮忙，我们很乐意让你加入。"

罗素连可能的后果都没来得及思考，就一口答应了：

"算我一个。我会尽己所能。也许我还能叫上几个干这行的朋友，如果有帮助的话。"

鲁珀特狡黠地笑了笑。"噢，我们已经跟你的一些朋友联系上了。你给我打电话的时候，我正准备找你。"他停了一会儿，"不过,正如吉钦加所说,你可能会为此丢掉工作。我们跟一个贪赃枉法的政府作对,如果输了的话,收入也会受影响。"

"不一定会输,"罗素望向外面迎风飘扬的酒店旗帜,平静地回答道,"要是什么也不做,我们一样会丢掉工作。我们会失去最好的大猎物,旅游业也会遭到起义以来前所未有的打击。"

罗素喝完剩下的酒,放下酒杯,看着鲁珀特的眼睛继续说:

"这就是我所拥有的一切,鲁珀特。这就是我。对我来说就没有不战而降。"

* * *

新战争的第一场较量比罗素预想的来得更早。十天后,在罗素和吉恩为次日开始的为期两周的游猎做最后准备时,马斯特森打来了电话。一位丛林飞行员把客户从安博塞利①送往内罗毕,在飞越察沃南部边境时发现了可疑活动。几个人在听到飞机接近时跑开了,躲到了几棵金合欢树下。

飞行员假装没看到那伙人和他们的枪支——也就是说他没有绕回去进行探测飞行——接着,几秒钟过后,飞行员越过了这些人可能要找的东西:大约二十头大象正穿过一片热带草原,还没意识到

---

① 肯尼亚边境城市,以象群和乞力马扎罗山闻名,是非洲旅游胜地。

身后藏着致命的危险。

　　罗素让吉恩放心，自己不会逞英雄做傻事，然后叫来卡格韦和马图，把枪支和成箱的弹药装到车上。接着他们全部上路了，向盗猎团伙的南边驶去。这种交火——在前面冲锋陷阵的苦差事——是罗素和其他几个狩猎向导与鲁珀特和他那些高官朋友所签协议中的一部分，后者会在幕后从政治角度更文雅地处理这件事。但双方会齐心协作。

　　马斯特森和他的追踪者同意加入行动中，他们从河床向北朝着大象可能去的地方走，但离目的地足足有三十分钟的路程。马斯特森到达之前，罗素会用尽可能简单的方式对付盗猎者，先往他们头顶上方鸣枪示警。交战规则由闯入者来制定。

　　罗素离开主路向北走，上坡穿过一片高原，以便尽快到达目的地。要是来得及，罗素想避免任何杀戮，但他知道可能性很渺小。

　　几分钟过后，他们来到了高原的顶端，现在可以看到下方庞大的兽群：斑马、角马、长颈鹿和瞪羚点缀着蜿蜒至远处群山的热带草原。马图站在后方猎物观察员的传统位置，躯干探出车顶的窗口，从而拥有三百六十度的视野。

　　突然，他往下钻进车内吹了个口哨。罗素刹车并跟着马图指的方向走。地平线上，象群的身影出现在三千多米远的地方，正拼命地跑着。

第六章

罗素举起望远镜，转向大象逃跑的方向。他看到，在象群身后几百米远的地方，显然是一群黑乎乎的人类身影。其中四人在高高的草丛中跳跃着追赶象群。再往后几百米远的地方，罗素看到了另一个盗猎者，但那个人并没有跑。盗猎者的手臂上下移动着，那弧度显然是在挥着一把弯刀。一个像是巨石的灰色大块头从草地上升起。罗素大声咒骂起来。

"马图！在他们头顶开一枪。用 .375[①]。"

卡格韦递给马图一支大型步枪，马图迅速扛起枪，打开保险装置，发现领头的盗猎者出现在视线中。马图瞄准他头顶上方三米左右的地方，扣动了扳机。

射击声把车子都晃动了，但罗素知道，比起子弹飞过盗猎者头顶带来的冲击，这根本算不了什么。大口径弹壳的冲击波迸发出的响亮爆裂声对于任何在大枪射程下的人来说都是很容易辨认的。

四个盗猎者全都突然止步，本能地俯下身，接着听到了一秒后的射击声。现在他们四处张望，扫视着草原想找到开枪的人。但罗素的路虎车涂成了棕褐色，并提前转了方向以防太阳照到挡风玻璃而反光。

罗素重新发动车子的时候叫来马图。

---

① 指口径，单位为英寸。

"我们靠近的时候保持趴下。"随后罗素开车穿过草原,朝着大象驶去,试图去到象群和盗猎团伙中间。

车内的三人都知道这一举动充满危险,但他们已做好了准备。卡格韦给枪装上了.300温彻斯特-麦格农步枪弹①和瞄准镜后递给前座的罗素,又给自己的枪也上了膛。一千多米之外的地方,盗猎团伙发现了罗素的车。其中一个盗猎者举起了枪,这时卡格韦喊道:

"老板,他们要开枪了!"

罗素踩了踩油门,一车人全都在座位上低低地蜷缩着。随后,一颗子弹砰的一声打到了副驾驶座位旁的车门。罗素继续往前开,尽量避开盗猎者的射击角度,朝着耸立的巨石堆驶去。

又来了一颗子弹,这次是从后车窗射穿的,玻璃在车内炸开了。罗素把头抬到刚好能看到仪表盘的高度,意识到他们已经到了巨石堆前。罗素踩下刹车,三人在一团尘土中跳下车,占领了巨石堆的位置。

"打到他们投降。"罗素说着,打开枪的保险装置。

罗素这边占据了高地,而且有掩护,就算盗猎团伙躲在高高的草丛中开枪射击,也不是罗素他们的对手。罗素瞄准了领头的盗猎

---

① 温彻斯特公司设计的一种马格南枪弹,威力巨大,专门用于狩猎大型动物和远距离精确射击。

者，那人在四百米之外，但在瞄准镜之下其身影仍可辨认。罗素知道子弹在这么远的距离会打偏，于是对准那人头顶上方约三十厘米的地方，扣下了扳机。

罗素看到对方的衬衫上飞起一阵尘土，接着就消失在视线中了。罗素还看到，站在那人后面的盗猎者看到同伙倒地，慌张地叫喊着。被 .300 马格南弹壳打中的任何伤口都可能是致命的。

现在马图的 .375 步枪在罗素上方的石堆中发出砰的一声，第二个盗猎者也倒地了。罗素看到他按住右腿在地上翻滚着，于是罗素对追踪者们喊道：

"停火。已经结束了。"

话音刚落，另外两个盗猎者把枪丢到地上，站起身，双手高举。

无线电控制台传来刺耳的静电噪音。是伊恩打来的："罗素，我们发现了隐蔽在主路旁的一辆车，你们的位置在哪里？完毕。"

罗素爬下巨石，进到车内，拿起听筒：

"他们有两人被击倒，还有两人投降。至少还有另外一个，可能带了武器往车子这边赶来，所以要小心。我们离开的时候会给你发无线电，完毕。"

路虎车靠近盗猎者时，马图在后座观察员的位置把枪对准那两人。五十米远的地方，卡格韦跳下车，示意盗猎者走上前来并跪下。那两个盗猎者看上去不大，神情恐惧，并非罗素预想的那种狠角色。

"谁是你们的老大？"罗素走下车，用基库尤语盘问道。两人都指向被击倒的同伙，显然他们是在说实话。罗素走向受伤的两人，看到他射中的那个倒在血泊中，眼神空洞，呼出的最后几口气中带着鲜红的血沫，是肺部受伤的结果。这个人比其他几个年龄大些，约莫三十五岁。罗素突然感到一阵后悔，肾上腺素带来的冲动和恼怒变成了自责。但他也明白，要是这场较量朝着相反方向发展，这群人会眼都不眨地把自己杀了。

另一个中枪的盗猎者蠕动着，沉默不语，一条腿被打得粉碎。他的手捂住伤口，血从指缝喷涌而出。这个人看起来不到三十，比另外两个大十多岁的样子。罗素把步枪对准他另一条未受伤的腿。

"行吧，我只问你一次，不然我会毁了你另一个膝盖，让你再也没办法走路。"盗猎者立刻哭了出来。罗素继续用冰冷的声音问道，"谁雇你们干这个？谁花钱买象牙？是吉钦加·基马蒂吗？"

听到这个名字，盗猎者看似疑惑不解。罗素打开了保险栓，盗猎者闭上了双眼。罗素对着他的腿下方的地面开了一枪，盗猎者大喊起来。

"我没听过这名字！我们只是来捕猎！"

罗素把枪转向另外两人，他们吓得蜷成一团。其中一个脱口而出："我们什么也不知道，我们只是穷苦农民，要养家糊口！"

罗素从他们的声音听得出，这是实话，显然他们被吓得魂不附

第六章

体,要是真有人指使,肯定已经说出来了。罗素举起枪。他的内心动摇了,但又不能让盗猎者们发现。

"行吧,但我要跟你以及你所有同伴说一件事:我们会留意你们。如果你们中任何人踏上这周围的保护区,我和我朋友会抓住你们。下一次我们可不会手下留情。听明白了吗?"

盗猎者们没敢看罗素的眼睛,快速点了点头。于是罗素示意正在没收盗猎者枪支的卡格韦和马图离开,接着他们三人回到了车内。罗素踩油门的时候,他们看见两个年轻点的盗猎者跑向另外两个被击中的同伙。

这让罗素更不好受了,他以前的确对人开过枪,但从未见过眼前这样的结果。这是他始料未及的,现在他不太确定自己能否做下去。

他们找到了被射倒的大象,发现是一头成年母象,这也就意味着象群中可能有几个她的后代会非常想念她。这头大象的象牙已经被取下来了,第五个盗猎者逃跑的时候把象牙丢到了地上。这种行径惨绝人寰,母象躺在地上,眼里满是痛苦和震惊,连罗素这样铁心肠的狩猎者看到后都想哭。他百感交集,感到头晕目眩,靠在车上才得以站稳。

他们捡起象牙,朝着盗猎者逃跑的方向飞奔过去。盗猎者的踪迹消失在布满岩石的河床中,两岸灌木丛生。罗素想,那人可能藏匿在任何地方，也许还带了武器。

罗素认为追踪这个人并不值得，他不想让自己和信任的追踪者们有性命危险，当然他也不希望再发生任何暴力事件。不管怎样，已经给过他们教训了。于是，罗素掉转车头，拿起话筒，向主路驶去。

"伊恩，我们出来了。告诉我们你的位置，完毕。"

* * *

接近满月的月光照亮了阿曼达的房间，她把唱针放在破旧的黑胶唱片上，接着躺回床上。六个月前，阿曼达还在内罗毕的学校里，在BBC的广播节目中看到了出这张唱片的艺术家，她看到了观众的疯狂、尖叫和泪水，感觉自己在用望远镜的另一端看世界。这张唱片是特伦斯从伦敦寄来的，她播放了一遍又一遍，已成为血液里的一部分。

去年秋天，年轻英俊的美国总统遇刺[①]，阿曼达和同学都震惊了。过了几天，她父亲刚游猎完回到家，晚餐时给母女两人讲了一个令人不安的故事。这趟游猎的客户是一个得克萨斯的石油富商和他的几个朋友，听说总统遇刺，客户们抽雪茄喝香槟庆祝，罗素则沮丧地看着，默默感到震惊。罗素向母女两人吐露说，他从未经历

---

① 这里指的是1963年11月22日美国总统肯尼迪遇刺。

第六章

过这样的鸿沟，因而感到害怕。罗素问道：这些人看上去聪明理智，怎么能为他们总统的去世而干杯呢？这个世界怎么了？还是说向来如此，只是他选择不去看而已？

阿曼达也许并不完全理解父母那晚说的话，但她比大多数同龄女孩要早熟，所以她听懂的那部分也足以让她在当晚睡不好觉。阿曼达本能地知道，年轻一代总有自己的风格和音乐来抵抗老一辈，但这一次，她感觉世界将经历前所未有的巨变。她不清楚会是什么样子，但她知道肯定要变天了，并且想参与其中。

特伦斯可能离这一巨变的中心更近一些，但他在伦敦以北八十多千米处经历着刺骨寒冬。他被困在修道院般的寄宿学校，校内充斥着雄性激素和青少年暴力，还不如住在月球上呢。青春期是残酷的，哪怕在最优越的环境，身边没有父母，甚至没有女孩来缓和，代价是不可估量的。特伦斯从未见过像贝德福德学校里那样的霸凌。上层阶级的学生在任何地方都能欺负你，下层阶级的学生又从不敢吭声，所以他们胡作非为也不用受罚。例如，他们会当众羞辱你，骂你不够男人，引得周围人一阵窃笑。或者，他们会在餐厅给你的晚餐撒上几只死苍蝇。又或者，他们会在你寝室捣乱，在你枕头上撒尿。特伦斯不解，但又无能为力，为什么他们要欺负自己？为什么他们觉得自己要受这般嘲弄？以前，他在学校里很受欢迎，他体格健壮，长得也不差，但比起那些无情又狡猾的男孩以后要继承的家族财富、权力、地位，他的这些特质什么也算不上。特伦斯试过藏起软弱，就像他父亲忠告的那样，但这些恶霸能闻出任何人的恐惧或软弱，然后就像猎犬般追踪他们的受害者。特伦斯没法动摇他们。没人能动摇他们。

夜晚，特伦斯会躺在床上，听着这古老砖砌宿舍外面呼啸的风，脑海里满是复仇的黑暗情节，幻想着如何反驳回击。但在白天，他无论如何都没有勇气这样做。最后，他会禁不住泪流满面，小小宣泄一番然后睡去，但睡眠似乎也不能让他重整心情。

他不敢把情况告诉八千千米外的父母，以免让母亲担心——或者让父亲失望。在每周给母亲的回信中，他以轻松愉快的笔触写下自己的生活与朋友，还有学习情况。在学习上，他遭遇的精神创伤引发了暂时性阅读障碍。那些日子中没有指导老师，男孩们甚至不知道如何寻求帮助，所以很多同学沉入波涛之下，多年之后才带着创伤重新浮上水面，而这些创伤又会传给他们自己的子女。

英国寄宿男校体系直到二十世纪七十年代才开始变革，女孩终于能进去读书，教师也学着找出有困难的学生并进行疏导。没人会怀念那个给如此多人造成创伤的体系。

第七章

赞比亚,当今

布莱克曼带着.416毛瑟猎枪①和笔记本电脑登上了"美洲驼"直升机②，此时飞机旋翼接近全速在转动。他戴上耳麦以便与飞行员交流，随后系好安全带。这位飞行员是他在罗德西亚丛林战争③中结识的一个值得信赖的朋友。时近黄昏，他们要飞行将近五十千米，赶在夜幕降临之前到达大象所在的那片森林并找到他的准确位置。否则，他们早上就要无功而返了。那就麻烦了。到了第二天，大象可能会到达卡布韦市郊，那时就难说了。

卫星追踪办公室的来电给了他们一个惊喜：是的，有一头体内植入芯片的成年公象下落不明。大象并非像布莱克曼最初猜测的那样来自赞比西下游国家公园，而是从一个私人野生动物保护区跑出来的。一群自然学家管理着这个保护区，老板是拥有一家美国酿酒厂的富家子弟。

这个占地八十多万平方千米的保护区周围的通电围栏出现了缺

---

① 一种大口径栓式步枪，用于捕猎危险动物。
② 型号为SA315B，是法国宇航公司研制的多用途直升机。
③ 又称津巴布韦解放战争。

口,大象也消失了。三天前,几头年轻公象出走保护区引起了附近居民的恐慌,这一缺口才被人们发现。但区内的自然学家们认为,这头上了年纪的公象可能已经失踪一个星期了,如果当局能"搜捕"大象并派人运回,他们将不胜感激。

布莱克曼心想,他要怎样搜捕一头重一万五千磅的离群公象?发射镇静镖?如果镇静剂没有立刻见效,大象会勃然大怒,轰隆隆地跑开,十分危险。但如果一切真的都按计划进行,在大象醒来之前就把他拴在树上了呢?这可是世界上最强大的动物,能把任何一棵树撞倒在地并拖着剩下的部分离开,那就真的会把他激怒了。布莱克曼可以预见大部分这些设想的结局,包括他可能丧命,也无疑会丢了工作——他可不准备冒险。绝不!这时他们的直升机起飞了,下方的机场消失在视线中,布莱克曼心想,只有一个方法万无一失。

* * *

我从浅睡中醒来,周围的森林因夜行生物开始躁动而焕发生机:所有鸣叫和长嚎的小朋友们,还有那些看不见的朋友,他们是黑夜里跳动的心脏。

前一天,我感觉周围有"两脚兽"存在,此后我便在这片森林穿行,到了这时,我的胃饿得疼了起来。我开始寻找软食来填饱肚子，但森林的树荫下长不出草来，我只得往森林边缘走，盼着能找到一片草地。

　　树木渐渐稀疏——这时已经天黑了——我被一阵奇怪的恐惧吞噬。我不知道这些画面来自哪儿，并且直到暮年才开始出现在我脑海中，但这些画面从未把我引入歧途。所以，尽管夜行生物仍在放声歌唱，我留意到了这一点，并返回森林深处。

　　就在那一刻，我听到了"两脚兽"的假鸟在嗡嗡振动。那假鸟飞得很低，就在树梢上方，我现在才知道那意味着他们要靠近并大开杀戒。如果他们飞得很高，那么他们只想快速驶过，与下方的我们没有关系。

　　我看过这些假鸟用发出巨响的杆子屠杀整个兽群，场面十分惨烈。一个个族群在树木间四处奔窜，拼命想要逃离，但那巨大的假鸟盘旋在头顶，夺去一个又一个生命，直到一切归于寂静。

　　因此，我站在所能找到的最高大茂密的树木之下，一动不动。假鸟扇得树枝猛烈晃动，树上的生物尖声叫起来。假鸟越来越近，仿佛知道我就在这里，随后在我头顶上方停了下来。我知道我必须保持静止——逃跑意味着死亡。

* * *

　　布莱克曼瞧着下方暮色中的树冠，想要认出三十多米之下的大象身影。他看到笔记本电脑上GPS的图标正在闪烁，大象一定就在下面某个地方，但他无论如何也没法透过树梢看到那头大象。这片森林茂盛繁密，树木高达二十米，而且布莱克曼私下怀疑大象知道他们来了。

"把飞机降到树梢高度，也许能让大象跑出来。"布莱克曼对着对讲机喊道。飞行员把飞机降到起落橇几乎要碰到树梢的高度。布莱克曼举起毛瑟猎枪，对着瞄准镜往下看，缓缓把枪从一边扫向另一边。除了受惊的鸟儿和猴子，没有其他生物移动，那头老象没有被吓跑。

出于沮丧，也许还跟他最近为增肌而服用的合成代谢类固醇有关，布莱克曼开了一枪。也许这会让大象动一动。

"你看到他了吗？"飞行员问道。布莱克曼没有回答，他正聚精会神地观察森林地面，但大象还是没有出现。

"试试探照灯！"布莱克曼吼道。飞行员拨动一个开关，机头的探照灯瞬间亮了起来。飞行员对准旋转的树枝底下，把灯转来转去。然而这下子更看不清了，光射在树叶上几乎闪瞎他们的眼睛，而且在森林地面上形成一种疯狂的、令人眩晕的图案。同样，除了惊慌失措的猴子，什么也没动。

***

尽管大象体内的肾上腺素传遍了血管,他仍然像雕塑般一动不动。轰鸣与骚动如此之近,如此之响,他甚至没有意识到人类开了枪,直到一阵灼热的疼痛穿过他的左肩。起初大象并不知道那是什么,但随着疼痛加剧,他简直感到一阵恶心,猛地意识到,这是从"砰砰杆"里射出来的。

大象缓缓跪倒在地,倚着巨树,闭上双眼。他用鼻尖摸索伤口,他闻到了血的味道,接着摸到了敌人打中的那个伤口,滑滑的、渗着血。大象知道接下来会发生什么,他见过太多次了。他必须保持镇静。如果他继续等下去,也许能活下来。

随后,喧闹与骚动骤然减弱。假鸟的探照灯移开了,一闪一闪的,随后呼啸而去。数秒之内,轰鸣声全无,森林的喧闹和脉动逐渐恢复。大象踉踉跄跄地站起来,环顾四周的暮色。好吧,旅途变得更加艰难了,他心想,但好歹逃过一劫。他要去找一个泥坑,堵住伤口,这是他脑海里的第一件事。现在,活下来是最重要的。食物得晚点去找了。

第八章

肯尼亚和伦敦，1965 年

自野生象群第一次路过索尔兹伯里山庄并告知伊希族群命运，已经过去四个月了。这时伊希在酣然沉睡，突然远处隆隆作响，他瞬间睁开眼睛。清醒过来后，他发现这声音并非来自梦中，而是真实存在的——另一个野生象群在黑夜中路过。伊希看向熟睡的斑马小友，意识到其他动物都听不见声响。伊希悄悄起身溜到外面。

他研究过一段时间人类如何开关栅栏外面的门闩，所以现在他用鼻子开门也就是几秒的事情，象鼻几乎算得上是动物王国里最灵活的"肢体"。

尽管伊希完全不认识这个野生象群——他没法听清他们的声音来判别对方是否友善——但他知道机不可失，时不再来。在过去的几个月里，一种强烈的渴望占据了他的内心，他热切希望跟同类在平原与河流上漫步。尽管他仍然深爱着照顾他的"两脚兽"，但他不想被困在栅栏后面，与那些迥然不同的动物为伍，那些动物只能通过粗略的手势和他沟通。

伊希轻轻推开厚重的滑动门，溜了出去，接着小跑下山。几分钟后，伊希在黑暗中瞥见了前方的他们。象群的步伐是典型的夜间

第八章

赶路,所有大象挤作一团,什么也不吃,到了下一站再休息觅食。

伊希跟在队伍后面走了一千米左右,这时照管掉队幼崽的母象突然转过身,停了下来。没有月光的照耀,所以她确实没法看清伊希——接着她发现这头小公象身上的味道很陌生。还没等她发出警报,伊希便悄声说:

"抱歉,我不是故意要吓您。"

母象盯着伊希,警惕地展开耳朵,发出低沉的隆隆声叫唤队伍前面的母象王:

"蔚蓝妈妈,有头陌生的象跟着我们。最好过来看看。"

现在大象全都转过来围着伊希,母象王沿着队伍往回走。伊希感觉到每只眼睛都在盯着自己,尽管他在脑海中反复演练过,当新的"家人"出现时,要如何征服他们,然而他还是忍不住尿了出来。

本以为会受到嘲笑,但象群的反应出乎他的意料。象群中的大多数都对伊希充满了同情,还有几头小象感同身受地尿了出来。蔚蓝妈妈低头看着伊希,她的眼神中有慈祥,也有警惕。

"你叫什么,小家伙?你来自哪儿?"

"我叫——其实,我的名字对你们来说没有意义,是两脚兽给我取的,就是你们刚路过的那家人。他们叫我'伊希'。"

"这样子,那——"她费了好大劲才说出这个名字,"'伊希'有什么含义?"

"我……我也不知道,"伊希结结巴巴地说道,"我不懂他们的语言。但他们很善良。他们把我当家人一样照顾我。"

"那你的家人在哪里?"

伊希垂下眼睛。"他们……现在只剩遗骨了。三个雨季前,他们被两脚兽杀光了。后来这些善良的两脚兽收留了我。"几头大象伸出鼻子触摸着他,用温暖和关怀包裹着他,自从幼时与家人分开后,他已忘了这是什么感觉。

另一个声音从蔚蓝妈妈身旁隆隆传来,是一头年迈的母象,她的背已经驼了,毛发斑白,性格也与之相匹配。

"所以现在你已经决定要离开他们了,对吗?若他们真这么善良,而你又孤苦伶仃,或许你该更加感激他们并留在这里才是!"

"荆棘树,别吓着小家伙。"蔚蓝妈妈责备道。接着她对着伊希说,也是对着所有大象说:"自由漫步是每一头大象的权利。事实上,被迫远离自然是可憎的。我们尊重你离开两脚兽的选择。如果没有任何异议的话,只要你选择留下,那便欢迎你加入我们族群。"

蔚蓝妈妈退后一步,高举鼻子,等待象群的许可。象群的目光从这个三岁孤儿转向他们的母象王,除了荆棘树弃权,其他大象都举起鼻子,发出低沉的声音以示赞成。

"很好,小家伙。只要你能喂饱自己,跟上队伍,那你就一起来吧。"蔚蓝妈妈转身走回队伍前列,这时两头十分友好的小公象

第八章

让伊希排在他俩中间。

"但是,老天爷,"蔚蓝妈妈说道,"我们得给你换个顺口的名字。"

* * *

卡莫第一个发现事情不对劲。这几个月伊希都是独自睡觉的,卡莫晚上不需要陪着他,所以卡莫是从车库外面的房间出来的,准备到厨师的炉火旁喝早茶,这时他才意识到大门敞开着。外面没有潜伏的"逃犯",于是他把门关上,锁上门闩,然后拉响了警报。

所有看守人跑了过来,接着吉恩开始清点动物数量。所有的孤儿中,只有伊希和一头疣猪不见了。他们很快就把疣猪找了回来,疣猪当时蜷缩在附近森林里,头上是一家吵闹凶恶的狒狒。但伊希就是另一回事了。他们找到了伊希与象群足迹汇合的地方,恍然大悟,他一定是撬开了门,跟着象群走了。

尽管这个日子是他们盼望已久的——照管的孤儿终于长大,融入同类族群,回归野外——但真到了这一天,他们的担忧又如雪崩般袭来。小动物能自力更生吗?没有了护理员的照管,是否会轻易被捕食?伊希是吉恩头个救活的象崽,担忧也来得格外猛烈。

"卡莫,找上卡格韦,叫他带上 .375 的枪。"吉恩说着,往车子方向走去,"我想确保他安然无恙。"罗素还在外面导猎,他绝不会允许吉恩在没人保护的情况下过去,所以卡格韦是最好的选择。

追踪象群并非难事,吉恩开车时心想,老话是这么来的。没有树木的地方,象群所经之路有刺鼻的粪便和踏平的泥土,生长树木的地方,象群通常会留下一根根断枝和去皮的树干,还有些树被连根拔起而倒地。因此,上午十点刚过,也就是卡莫发现不对劲的三小时后,他们赶上了象群。大象们正在溪水流过形成的烂泥里打滚,这条小溪要到下一个雨季才会消失。

* * *

蔚蓝妈妈第一个听到引擎声,那声音是从附近的干燥灌木和蜷曲的没药树①那边传来的。她竖起耳朵、高举鼻子,想找到声音传来的具体位置。很快,其他的母象都意识到了这一点,她们一边围成圈把象崽保护起来,一边搜寻空气中的燃油味。一群白鹭原本在大象背上,从覆满泥土的皮肤里挑虫子和植物渣,这时也飞开了。

接着,六十多米远的地方传来轮胎轧过石头的响声,所有大象都转头面向那个假兽。它走得很慢,看来是在寻找象群。然后,它停了下来。

---

① 一种橄榄科植物,热带非洲和亚洲西部多有分布。

第八章

从假兽顶上探出头的那个人此刻正注视着象群,但他身上没有危险的气息。接着,假兽的两边打开了,从里面走出两个人。蔚蓝妈妈估量着距离,想着如果需要的话,冲过去也就二十步的事情。

蔚蓝妈妈感觉到身后有什么在动,新来的小象闪电般冲出了保护圈,高举象鼻,注视着对面的人类。接着,如果象能够微笑,那么伊希肯定笑了。

"他们是照顾我的两脚兽!"伊希对着新加入的族群喊道,"你们不用害怕。"说着他跑向了那个假兽,身后跟着他前一晚刚结交的两头小象。两头小象的妈妈气得发出喇叭声,冲过去把他俩拦了下来,留下伊希独自前往。

吉恩走上前去,张开双臂,伊希则抬头温柔地蹭着她的胳膊,用鼻子轻抚她的双腿、背部,接着是脑袋。吉恩诧异地发现自己又哭又笑,即便她的衣服已经湿透了,脏兮兮的。随后,吉恩把脸埋在伊希的脸上。

卡莫也过来了,伊希用力推了他一下,差点把他撞倒。卡莫重新站稳后又推了伊希一把,开怀大笑着。

"我的天哪,你现在已经长大了,是吗?你准备离家出走,留下我们伤心不已?"

伊希回头望着象群,这才注意到他们没有走,只是在远处看着。

"你们不想见见我的两脚兽朋友吗?"伊希问道,"他们非常友好……"

年长的母象们拒绝了。与两脚兽的健康关系意味着一定的安全距离,这是原则。

"不了,"蔚蓝妈妈说道,"你去跟他们告别,小家伙,我们会在路上等你。"

吉恩本打算后面几天也开车跟着伊希,关注他的行踪,但来自伦敦的紧急消息使她打消了这个过分展现母爱的念头。看着伊希跑开重回象群,吉恩怅然若失。后来,象群恢复了先前的队形,填满了河岸,消失在树林中。

* * *

吉恩所乘坐的波音707飞机正跨越北非的夜晚,她想在黑暗的机舱内睡觉,但无线电里断断续续的消息让她深感担忧,根本没法入睡。

她不明白,为什么特伦斯从宿舍楼梯跑下来的时候,会一头栽进楼梯平台的铸铁散热器里。特伦斯的门牙大部分都断了,下巴脱臼,唇部和嘴巴也严重撕裂,学校匆忙把他送到伦敦的一位专科医生那里进行口腔和整形手术。

吉恩唯一能想象到的是儿子现在有多痛苦,所以她给斯塔福德郡乡间的父母打了个电话。两个老人家慌忙开车前往一百多千米外的伦敦，此时吉恩正在内罗毕登机。罗素还在游猎途中，就算他有空，也不会飞去儿子身边。在当时，这被看成是母亲的责任。

吉恩对于把儿子送到另一块大陆向来心存疑虑，但她从未对丈夫提起过，因为大家都这么做。如果家境不错，男孩就该去英国读寄宿学校，女孩则该送去瑞士的寄宿学校。若是不把孩子送出去，便会遇到一些令人尴尬的问题。

如今，特伦斯已经在贝德福德待了五个月，寄了两封诉苦的信——是写给吉恩的，罗素并不知道——吉恩忧心如焚。特伦斯曾对她吐露，自己因为"娘娘腔"而遭到了无情的嘲笑，再加上冬天寒冷多雨，永无止境，他陷入了深深的抑郁。现在又发生了这种事。

多年后再回顾这一时期，吉恩发现了她婚姻中最早的裂缝。然而，所有结婚十几二十年的幸福夫妻，都不会在关系偏离正轨的当时就发现问题，吉恩也一样。她把细微的不满放进抽屉里关起来，越积越满，直到积怨从暗处爆发。上层社会的女性必须静静听从丈夫的决定——例如，母亲在孩子的教育问题上没什么发言权——这只是吉恩婚姻中的第一个裂缝。

现在，最显眼的那个裂缝开始扩大了，但夫妻俩都没有注意到迹象。吉恩过于顺从，不敢问罗素为什么非得把狩猎当成谋生和求名的手段，而他的一些同胞在游猎时只是拍照摄影，挣的钱也一样多。极为讽刺的是：吉恩在这儿，照料那些母亲被捕猎者杀害的动物孤儿们，而她的丈夫是非洲最热门的捕猎者之一。

每次吉恩提起这一话题，她的不满便开始在心中作痛，悄无声息地生长扩散，而罗素的回应也愈加抵触和强硬：

"你嫁给我的时候就知道我是什么人了，你现在凭什么让我因自己是谁、如何谋生而感到愧疚？"

这些谈话过后的沉默是漫长而沉重的，不仅仅因为这触及了他的男性尊严，还因为这揭开了两人在观念甚至性格上最本质的差异。

当吉恩的班机开始在英吉利海峡上空降落时，她思考着，不管是作为朋友、父母，还是伴侣，两人的差异都如此之大，又怎能待在一起？

* * *

特伦斯的下颌绑上了金属线，眼睛布满血丝，脸肿得出奇。所以吉恩看见他时，竭力保持镇静。

陪特伦斯去伦敦的学校领导对于事故发生的确切原因毫不知情，吉恩的父母也只字未提。但到了晚上，当吉恩独自坐在儿子身边时，还没从镇静剂中完全清醒过来的特伦斯写了一张纸条递给她。

吉恩花了一些力气才认出纸条上写了什么，她先是大为震惊，接着愤怒不已。这可是她的儿子，她居然让自己的儿子被扔到狼群中。

"我被推倒了，"纸条上写着，"是几个大一些的坏男孩干的。他们不承认，但这是真的。"

吉恩询问缘由的时候竭力保持冷静，几分钟事情终于水落石出。当时，一群学生拥挤着下楼梯，想赶去学校餐厅吃早餐，突然特伦斯被人从后面绊倒了，他差点没抓稳扶手。带头的人是一个十六岁的恶霸，人高马大，手下有一帮背景强大的富家子弟。

后来，吉恩装作漫不经心的样子向学校领导打听那个男孩的情况，结果那个男孩的父亲是一个位高权重的议会部长，看报的人都认识。他是一个右翼保守党人，新闻上经常刊登他的一些威胁言论，主要针对第一拨进入英国的巴基斯坦移民。难怪他的儿子会变成一个恶霸，这对吉恩来说完全讲得通。

吉恩问特伦斯，他是想直面那群恶霸，让他们受到惩罚，还是搭飞机回家。特伦斯在记事本上写下一个"家"字，哀求似的抓紧吉恩的手。

那晚，吉恩坐在儿子床边的椅子上，断断续续睡了一觉。她意识到，自己和罗素都会跟学校讨个说法，不同的是，罗素会希望儿子继续待在贝德福德，而不是当个"逃兵"。而学校会驳斥这一指控，除非有目击者，而吉恩知道不会有人做证：学校里的那群人都认为特伦斯是弱者，没有一个十几岁的男生会为他出头。他只能靠自己。

因此，吉恩下定决心，不管谁劝她，都必须把特伦斯救出去。同时还要拿回一些钱，因为他们不能再损失掉学费，尤其是阿曼达下一年就要去瑞士上学了。

至少她不用担心女儿。阿曼达暴躁又倔强，没人敢欺负她。想到这儿，吉恩笑了起来，终于睡着了。

起初，罗素和吉恩两人好不容易才讲和，但后来罗素也改变了看法，认同妻子的决定是明智的。特伦斯面部和嘴上的伤没那么明显后，他回到了安全且熟悉的内罗毕学校。尽管罗素并不乐意，但还是批准了。

至于特伦斯的男子气概，再也没人提起过这一话题，至少没谈论过那群坏男孩对他的谩骂。

后来，仿佛是在回应吉恩从不敢祈祷的事情，又仿佛上天出了点小差错，她珍爱的另一个"儿子"意外回家了。与特伦斯一样，他也受到了捕食者的伤害。

第九章

肯尼亚和瑞士，1965 年

旱季漫长而炎热，尽管我开始了解新族群的个性和怪癖，但心中仍感到一种煎熬的痛苦，起初我并不知晓原因。这种痛苦只在夜晚悄然袭来，此时白天的劳累得以消退，也有时间沉思，所以我能控制住。

早晨来临时，并没有任何迹象表明事情会变得不同。天亮之前甚至更加酷热，随着那颗火红的圆球升起，我们看见平原上又有更多的生灵死去。其中大多数十分幼小或年迈，但他们的家人几乎没有表现出悲伤，为了生存，还有太多事要做。这也是为什么其他动物紧挨着我们，或者任何他们能找到的大象——因为成年大象能闻出水源的位置，哪怕河床已经干涸，被埋在沙子底下。

母象会挖掘、踢蹬出一个洞，直到下方深色冰凉的土壤交出水分。接着，她们会用鼻子吸满渗出的水，送进小象的口中。象群喝饱之后，其他平原居民会跑下来，在满是脚印的泥坑中舔舐着最后的水分，直到那儿又变回沙地。

连捕食者也极度渴望水源，而当时我还没学到这一课。仅凭猎物的血无法补充液体，他们也需要水。我的妈妈曾教过我生存法则，

第九章

但当我失去她的时候,那些后来成为习惯的唠叨还未生效,而"两脚兽"更不可能教我。

早上喝完水之后,我与两个新朋友走开了,等待象群结队开始这天的旅行。我们相互打闹着,并未密切留意周围环境。

我们在一些金鸡纳树底下乘凉,几乎没有注意到一群疣猪从附近的干草丛中冲了出来。接着,一只大猫的麝香味扑鼻而来,我抬头望向我的同伴。他俩同样惊慌地瞪大了眼,我们东张西望寻找着保护我们的大象。我们走开的时候太大意了,没有看到他们在哪儿,他们也没注意到我们不在了。

那一瞬间,捕食者从藏身之处一跃而起。我感觉到她给了我重重一击,让我一个趔趄,接着感觉到她的爪子扎进了我的身侧和头部,然后闻到她的气息,此时她的牙齿已经咬住了我的颈部。我喊不出来,但后来我发现朋友们已经发起了警报。

在那个年纪,我已经见过了太多死亡,我认得出恐慌是如何笼罩受害者的决定的,例如他们的眼睛像玻璃一样空洞,接受末日的来临。我向来都发誓自己不会屈服,轮到我的时候要抗争到底。我拼命扭动着想要摆脱她。当我整个身子都压在她身上时,她发出巨大的咕哝声,随后把我放开,但很快又重新抓住了我。这一次,她咬住了我暴露在外的腹部。我对着她的胃一顿踢,听到她痛苦地呼气,但这也没有摆脱掉她。

突然，她被举到了空中，我看到蔚蓝妈妈的鼻子卷住了大猫的尾巴。大猫尖叫着冲向蔚蓝妈妈，但蔚蓝妈妈卷住她不停转动着，大猫没法够到蔚蓝妈妈，随后，蔚蓝妈妈狠狠把她摔到地上。又摔了一次，接着最后一次，然后把她甩向天边。

那头母狮并未像一般大猫受伤后那样跳跃着地，她剧烈地抽搐着，躺在地上一动不动，她的骨头碎了，脖子被压成重伤。我放声大哭，我想这也许是一头大象能发出的最可怜的哭声，接着翻了个身，摇摇晃晃地站了起来。

"小家伙，你受伤了吗？"蔚蓝妈妈的鼻子在我身上嗅来嗅去，想看看伤口有多深。这时我才意识到几乎所有的母象都来了，她们冲着其他跑过来的狮子猛喷鼻息、高声怒吼。面对一排发怒的强大对手，那群狮子迅速撤回了，在安全距离之外等待着。

现在伤口的痛感袭来，我意识到有血滴从头上雨点般掉落，我以为自己去世了，因为当我醒来的时候，我躺在一块露岩的阴影下，几头母象在处理我的伤口。她们把泥土和火焰树花混合起来裹进我的伤口，但这种药膏并没怎么缓解疼痛。

我看见两个玩伴担忧地望着我，发现有什么特别糟糕的事情引起了他们的注意。

"怎么了？"我虚弱地问道。

"你……你的耳朵……"名叫"忧目"的小象说道。我摇动耳朵,感到左耳一阵剧痛,接着我看到左耳一部分被扯下来了,挂在那儿,湿漉漉的。我又怒又惊地喘着气。尽管所有的母象都尽力了,我突然确信心中的痛是怎么回事,也明白我该怎么做。

* * *

卡莫在山庄外的树林中拾柴火,看着一群大象在高温中爬上山,还以为是海市蜃楼。但那确实是象群,正朝索尔兹伯里走去。卡莫冲进大门,对同伴吹口哨,随后敲击主人房。

"吉恩妈妈!快来!"

卡莫回头往外走的时候,惊讶地看见一个熟悉的身影从另外五头成年大象中冲了出来,跑向自己。这头小象的左耳无力地垂着,他身上满是血渍,但那就是伊希。

"噢,伊希,你怎么了?"卡莫大喊,接着他身旁的吉恩也叫出了声,看着这番景象倒吸了一口气。伊希在他们面前停了下来,温驯、无助地低下头。

吉恩朝着山庄院里大喊:"马图,立刻给希拉利发无线电,说我们需要他!"爪印很长,呈青紫色,咬痕很深,伤口满是血,和耳朵一样需要清洗和缝针,否则会引起灾难性的感染。几人围着他把他送进了山庄。

卡莫正准备关门的时候,转身看见两头成年母象走近了一些,站在不到二十步远的地方。卡莫停了下来，望着她们的眼睛，缓慢张开双臂以示友好。

"如果你们待在那儿，我们会很乐意给你们带点食物和水……"

他点头示意其他在大门里边的看守人，他们便急忙跑向饲料棚。两头大象的眼睛几乎没有离开过卡莫，卡莫也没有动。看守人再次出现了，不过他们不敢冒险走出门。

"只要我们动作慢一点，"卡莫悄声对看守人说，"她们就不会伤害我们。"其中一个看守人怀里满是香甜的高草，另外两个正拖着一桶水。他们把手中的东西放在卡莫旁边，然后退了回去。

卡莫两手捧起草料，小心翼翼朝那两头庞然大物走了几步，她们的鼻子从一边甩向另一边，探寻着空气中的气味。卡莫举起一只手，内心翻腾了一下——最庞大的象开始向他走来，味道和块头都势不可挡，突然卡莫严重怀疑自己的大胆举动。大象伸出鼻子的时候，他的呼吸卡在喉咙里。卡莫张开手，让那头母象取走草料。她的动作尽可能轻柔，随后把草塞进嘴里，开始咀嚼，眼睛始终盯着卡莫。

现在卡莫没有了顾虑，因此举起另一只手喂食。母象的喉咙里发出隆隆的声音，往后退了一步，这一举动让卡莫吓了一跳，但他不能表现出来，不然怕是会惊到大象。

另一头母象悄悄贴近第一头身边，拿走了草料。门后的看守人既惊叹又兴奋,一动不动,没有人发现卡莫的心跳得多么大声。

在五头大象中,这两头似乎是最信任他们的,其他大象压根儿不愿意靠近,所以卡莫让看守人把食物和水放在门外,然后他们都退回了里面。

片刻间,所有大象都在吃喝,几秒就干完了。几个看守人冲回饲料棚去拿更多的食物和水,这一次有一个看守人壮起胆子与卡莫一起出去给他们的客人喂食。

哪怕多年后卡莫与伊希的族群在野外旅行了数周,他也永远不会忘记这一天。这天里,他发现自己确实有一种天赋,能够与这些强大复杂的生物相处,而在余生中他都要用到这种天赋。

次日早晨,伊希的镇静剂药效消失了,他和同伴们在栅栏前聊了一番,之后象群便离开了。蔚蓝妈妈是五头大象中唯一见过绷带的,她向其他大象解释称这是"两脚兽"常用的东西,大象们一致认为伊希得到了悉心照顾。

她们承诺会在合适的时候返回——最可能是在漫长的雨季到来时——她们会一直记着伊希。伊希十分感动且心怀感激,这五头母象离开象群,陪他走了两天两夜,冒着危险的高温把他送回"两脚兽"的地方。

当象群在旱季进行"朝圣之旅"的时候,伊希能痊愈并恢复力气,然后象群会回来找他。那是忠诚。那是家人。那是爱。伊希知道自己是头幸运的大象,他经常这么认为。

※ ※ ※

阿曼达在那个秋天离家去瑞士了,正如她妈妈预测的一样,尽管同班同学遭到了高年级女生的欺负,阿曼达还过得去。大多数学生都来自富裕家庭,无论来自哪个国家,她们都是千金小姐,阿曼达因此被认为是"穷"女孩,因为她的父亲还要工作,她们家既没有头衔,也没有名气。

阿曼达通过讨好学校里一个最有权势、最有魅力的女孩,以此来避开任何潜在的骚扰。这个女孩恰好就住她对面,父亲是西班牙国王。一天晚上,阿曼达在森林碰见她违规抽烟,两人一拍即合。

她们坐在一起,看着夕阳落山,蒙特勒①的灯光在远处下方开始闪烁。公主给阿曼达递了几根烟,这是阿曼达第一次吸烟,两人很快就成了朋友。阿曼达的非洲故事——孤儿大象,农场的工作,还有她英俊潇洒的父亲——深深吸引了公主。她们一直保持着友谊,直到二十年后公主在一次登山事故中去世。

阿曼达并不擅长运动,所以在山坡上的第一个冬天让她成了笑柄,滑雪是一项强制性活动,而大多数女孩从蹒跚学步起就能从山

---

① 瑞士小镇,位于日内瓦湖东岸,阿尔卑斯山山麓。

第九章

上飞下来。她需要找到能让自己脱颖而出的东西,于是有一天,她走进了校报的办公室。办公室位于地下室的房间里,这个地下室在二十世纪初曾是一家豪华酒店。阿曼达向坐在办公桌前的两个女孩宣称自己喜欢写作。

"你具体写什么?"其中一个人慢吞吞地问道,她甜美的美国南部口音丝毫掩盖不了语气中满满的怀疑。

"什么都写。如果需要的话,诗歌也行。"

两个女孩没有翻白眼,阿曼达认为这是个好兆头。

"好吧,我们不怎么写诗。"第二个女孩说道。她是个爱尔兰女孩,看起来盛气凌人,像个假小子,"你接受过哪种训练?"

"并不是说新闻工作需要很多训练。"美国南部女孩说道。

"好吧,我是个书迷……在创意写作课上我的成绩都是A。这算吗?"

"我们在逗你玩呢,亲爱的。你叫什么?"

阿曼达松了一口气:"好家伙,你们吓了我一跳。我叫阿曼达·哈瑟维,来自肯尼亚内罗毕。"

"好吧,内罗毕的阿曼达,"爱尔兰女孩说着,与阿曼达握了握手,"我叫婕米·麦吉拉雷,来自都柏林。这位是梅琳达·莫夫特,来自佐治亚州萨凡纳城。"

"你入选了。"梅琳达与阿曼达握了握手。

"见过打印机吗?"婕米问道,指着角落的一台机器,"或者布局台?"

"因为你要花很多时间打字、打印,之后才会接到写作任务。"梅琳达补充道。

阿曼达盯着那些新奇的机器,尽力不要显得完全无知。

"我学得很快。"

"那好,你就是我们一直等的人,"婕米笑道,"祝贺你!"

原来报社全靠这两个女孩运营,每周两百份报纸的写稿、编辑、出版都由她们负责。两人都是高年级的学生,毕业后就没人接手了,所以阿曼达简直是天上掉下来的宝。对于阿曼达而言,这两个女孩同样是天上掉下来的宝。

大部分文章都是吹嘘报道或死板的消息报道——校园新闻、运动得分、人物介绍——阿曼达的时间大多花在排字和手动打印上,第一年冬末她就开始厌烦了,于是和另外两个女孩达成了一个协议。

阿曼达终于可以写自己感兴趣的文章了。不过她得先完成分配的任务,但她每次都能很快做完。她的两个上司似乎不懂新闻可以做成什么样,但阿曼达可不是。

阿曼达有个非凡天赋,在她六岁时便展现出来了,那就是能够发现好故事,并深度挖掘。这让阿曼达脱颖而出,很快成了校内校外的名人。这种天赋来源于她对不公的敏锐,无论是校园琐事还是校外值得报道的大事，只要她认为是错的，定要曝光出来才肯罢休。

到了第二年，阿曼达接手了编辑的职务，招了两名志同道合的同学。阿曼达跟踪的故事更有争议性了，其中一些让教导主任大为恼怒。但这可是六十年代的鼎盛时期，社会正经历大变革，而阿曼达也不是那种会退缩的人。阿曼达收获了意想不到的成功。

一个周六，阿曼达放学后换下了校服，搭乘当地大巴前往洛桑。洛桑这座城市位于日内瓦湖北岸，人口仅有十三万。大巴上，两个非洲年轻姑娘坐在了阿曼达对面。阿曼达听到她们在用斯瓦希里语交谈，她可以听懂一些细节。她们是下层阶级的工人，来自土耳其、南斯拉夫、意大利和非洲的一些国家。此前阿曼达便注意到了这一群体，他们是低薪的女佣，厨工，或是日落后便无影踪的临时工。在此之前，阿曼达都没怎么想过这件事，但现在，她突然有了灵感，要是能写好，这会是一个很震撼的故事。

阿曼达一直待在车上，直到最后一站才下车。阿曼达跟在那两个姑娘身后，看着她们拖着疲惫的身子走回住所。

到了一个脏乱的工业区，她们拐入一条泥土路，两边是笨重破败的楼房。这下，两个姑娘才确信自己被跟踪了，阿曼达连忙对着她们友善地微笑。

"我想跟你们聊一聊，可以吗？"阿曼达用斯瓦希里语问道，两人听到后十分惊讶。"我为跟踪你们这件事而道歉，我不是故意要吓着你们。如果你们愿意的话，我想请你们一起吃甜点、喝咖啡。我只想了解一下你们在欧洲的生活。"

"我们在这里的生活跟你有什么关系？"年龄大些的那个姑娘问道，心存戒备。

"我学校有门课需要写文章，"阿曼达回答道，这半真半假的话说得如此轻松，她自己都感到惊讶，"关于世界各地到此找工作的移民。"阿曼达露出了单纯的微笑，"我来自肯尼亚。你们呢？"

阿曼达找了一些托词，费了一番心思来说服她们，聊了三个来回后，慢慢获得了她们的信任。最终，阿曼达成功吸引她们讲出了自己的故事，揭露了欧洲最平等的国家中生活的两个截然不同的阶层。外国工人住在极其肮脏的环境里，有时候十几个人挤在一个房间里。他们的护照被财团控制着，这些财团引诱他们来到欧洲，承诺会有金钱和机遇，结果却让他们陷入契约奴役，无法脱身。

这篇文章发布在了学校报纸，让管理部门十分尴尬的是，文章掀起了当地商界的抗议风暴。那群商人想抹去这篇文章，把所有的报纸都毁掉，让阿曼达因谎言和侮慢受到处分。

但这个故事已经在校外传开了，并被日内瓦一份激进另类周刊所报道。阿曼达非但没有被要求离开报社，也没受到可能的处分，反而被奉为十七岁的奇才。学校起初别无选择，只能不情愿地站在她身后，而当赞誉从整个欧洲蜂拥而至时，学校感到前所未有的自豪。

　　这个故事为阿曼达打开了一扇她从未想过的职业之门，也让她毕业后的生活离非洲的家越来越远。最后，她只是偶尔回来看看，但这是意料之中的。她一直渴望成为一个世界公民，从望远镜对的那端看世界。现在梦想成真了。

第十章

赞比亚和曼哈顿，当今

伊希永远不会忘记

伊希已经走了整晚，希望找到一种镇痛止血的药，但没有合适的植物来源，于是他仅仅用泥土填住伤口。伊希很难保持头脑清醒，他不知道伤口和相伴出现的发烧让大脑短路了。恍惚中，他又和"两脚兽"朋友们在一起了，他们照料自己恢复健康。伊希知道自己在找他们，这是旅途的主要目的之一，他现在想起来了，但他不确定还要走多远。

他经过的土地有一种陌生而危险的臭味，所以他沿着内心的指南针往北走时尽可能远离"两脚兽"的领地。

第二天早晨，太阳从烟雾弥漫、布满电线的地方升起，伊希意识到自己犯了一个错误。现在没有遮蔽物了。没有树木、森林可以躲藏，只有荒野和山丘，走得脚疼的灰色硬地，以及把土地切成一块块并挡住去路的栅栏。

伊希看到假兽在下方的阴霾中飞驰而过，那里传来的噪声奇怪又闹心，怪异的呻吟声、震地的重击声，以及撕裂空气的刺耳长鸣。

他沿着一道高高的铁丝网栅栏走去，离开这个臭气熏天的地方。滚滚而来的云层刺痛了他的眼睛。奇怪的鸟在头顶上空尖声叫着，

第十章

讨厌的黑鸟开始向他扑来,啄他的皮。

伊希已经好几天没有涂泥巴层了,所以他的皮肤特别脆弱,而且鼻子的反应太迟钝了,根本无法挡开这些鸟。对于如此强大的生物来说,这是一种侮辱,但他不断地告诉自己,再艰难的都挺过来了,你只管继续前进,周围的事物很快就会变的。

* * *

沃纳·布兰代斯是个习惯了为所欲为的人。他的祖父在二十世纪初利用人们对酒的嗜好而发家致富。因此,布兰代斯这个富家公子哥在与人打交道的时候总是占着不公之利。看到他出了名有钱,人们表现得与平常不一样。靠着这笔财富,他那讨人厌的性格特征也更容易被人们原谅。像他这么有钱的人,那些特征不过是有点古怪罢了。

布兰代斯罕见地有一张不显老的脸,他三十多岁时就秃了,而且经常戴古怪的设计感眼镜,这更是让他的年龄成谜。状态好的时候,他看起来像三十岁,压力大的时候,他看起来有六十。布兰代斯不是个好相处的老板、丈夫或朋友。他是出了名的暴脾气。但他有个盔甲上的软肋,他偏爱那些毫无抵抗能力的事物。倒不是毫无抵抗能力的人类,他常常认为人类的软弱是自作自受。布兰代斯偏爱的是毫无抵抗能力的动物。

"记住，希特勒爱他的狗。"他的妻子这样提醒他的朋友，也不知是不是在开玩笑。

这也是为什么布兰代斯在赞比亚买下了一块二十多平方千米的地，在周围布满通电围栏，搬来所有能找到的非洲动物，尤其是濒危物种。

人类用武器捕猎动物，而那些动物根本跑不过，在智力上也不是对手，这让布兰代斯抓狂。如果可以的话，他真想把捕猎的人丢到围栏里面，不给他们武器和供给，让他们自己想办法活下去。那样事情很快就会发生改变。一想到这个，他就会笑出来。

这天，布兰代斯的手下来到曼哈顿派克大街①的办公室找他，报告说保护区内年纪最大的公象不知怎么逃走了，定位显示在数百千米之外，正穿过人类的地盘往北走。听完，布兰代斯从椅子上跳了起来，追问缘由。十二年前，他花了一大笔钱把这头大象运到保护区，现在的这些雇员当时还没进公司，所以对这头大象久远而复杂的故事一无所知。

"谁负责带他回来？我们在现场有什么发现？"

"呃，其实我们的人都不在现场，"他的公共事务副总裁说完便意识到这可能不是布兰代斯想听到的答案，于是赶紧补充道，"他

---

① 美国纽约市的豪华大街。

第十章

们已经和国家公园那边的一位监督官取得了联系,他会尽快找到大象加以照料。很可能明天之前就能找到。"

"他们还没找到大象吗?"布兰代斯难以置信地问道,"我要给这个监督官打电话。还有,把那个负责运营保护区的英国人给我叫来,他叫什么名字?威斯布鲁。叫我们的人立刻过去那边。"

* * *

布莱克曼大步走向等候中的直升机,太阳从机场升起,投下长长的、奇怪地摇曳的影子。布莱克曼一心想着自己的任务,没有看到职员走出办公室平房向他挥手,示意他有一个电话。不管那个职员怎么喊,声音都淹没在旋翼的轰鸣中。他喊的是"来自美国"和"紧急"之类的,但布莱克曼直到面临解雇听证会时才知道这一点。

* * *

杰里米·威斯布鲁自认为和保护区的美国赞助人关系很好。虽然大多数人很怕布兰代斯,但威斯布鲁知道他鲜为人知的热爱,加上自己是动物方面的百事通,便认为两人之间有某种联系。布兰代斯确实需要他,甚至在这方面听从他,这给了威斯布鲁安慰。

正是以这种身份,威斯布鲁带上助手以及两名巡护员乘坐保护区的直升机,去会见第一个注意到大象在人类地盘出没的国家公园监督官。他们打算前往一个工业城镇外，在GPS最后一次显示大象定位的地点与监督官碰面，然后再想办法抓住大象，把它运回保护区。

威斯布鲁在刚接手这份工作时就坚持在大象的皮上植入芯片，现在看来，他很有先见之明。他这个三十九岁的大男孩相貌不错，但女人们很快意识到他对动物比对女性更感兴趣。威斯布鲁知道，到目前为止自己都很幸运：这么大的公象，如此重的象牙，对任何盗猎者来说都是无价之宝。这样的象牙可以瞬间改变一个穷人的生活。

在过去的二十四个小时里，威斯布鲁一直在思考为什么大象会突破围栏不知所踪。他们猜，大象已经到了生命的最后几年——他不再有成年公象每年都会经历的危险发情期，七颗臼齿似乎也仅剩最后一颗——所以很快就会安静离世。

但事实相反，大象把一根沉重的树枝砸到了一千伏特的通电围栏上，使电网短路，然后将一根围栏柱子拔出地面，径直走了出去。

大象为什么往北走？他在这么远的地方找什么？威斯布鲁知道大象跨越重洋之前来自东非的某个地方，但不知道任何有关的人名或地名。

威斯布鲁的助理丽贝卡·盖恩斯是圣迭戈州立大学兽医学专业的研究生，性格温柔阳光。和威斯布鲁一样，比起与异性打交道，

第十章

她更喜欢与动物待在一起。她在追踪动物历史方面是专家,所以威斯布鲁认为,在他们抓到大象的时候,丽贝卡应该已经掌握了那些人名和地名。威斯布鲁从来也没有想到去问他的赞助人。

太阳从东边的山丘上升起,让人睁不开眼。威斯布鲁电脑的GPS定位器在最后几千米失去了大象的信号,他猜测,这是因为山上笼罩着浓浓的烟雾。所以当他们快速飞过时,差点没有发现下方一百多米处盘旋的第二架直升机。

飞行员对着耳麦说道:"那肯定是我们的人。不懂为什么他没有回应。"

"再试一遍,"威斯布鲁回答道,"同时,我们到下面去,看得更清楚些。"

他们倾斜着穿过雾下降,看见那架"美洲驼"直升机停在一条河床的上方,可能是卡布韦的郊区边缘。两个巡护员是卢奥族[①]的双胞胎兄弟,其中一个指着一座被车辆和围观群众堵得水泄不通的立交桥,桥下阴影中大象的身影清晰可见。

"那是我们的大象。"

"这个人到底在干吗?"飞行员突然喊道,这时威斯布鲁的目光移向那架直升机的副驾驶座,一个男人探出机舱门,手持大威力

---

① 肯尼亚第三大部族。

猎枪，还没意识到另一架直升机的存在。

"阻止他！"威斯布鲁喊道，他的飞行员迅速调转方向，开到离第二架直升机不到三十米的地方，停在它的正对面。持枪的那人惊讶地抬起头来，当他看到机身侧面印有保护区的斑马纹标志时，才恍然大悟。他举起猎枪，漫不经心地挥了挥手，随后意识到他们在示意自己通过无线电联络。

"该死的。把无线电接过去。"布莱克曼对着耳麦嘀咕着，他的飞行员切换了无线电。

无线电接到了预先设置好的波段，布莱克曼和威斯布鲁便开始交谈。

"很抱歉沟通这么混乱，"布莱克曼开口说，"让我们降落到三点钟方向的足球场，把局面控制住。完毕。"

"你拿枪干什么，监督官？"当两名飞行员开始降落时，威斯布鲁尖锐地问道，"他这个年纪对谁都没有危险。"

"噢，你是不知道一头上了年纪的公象有多危险。我只是怕发生什么意外。万一某个走错路的蠢货离他太近呢？"

听起来有道理，但自从三天前第一次和他交谈以来，威斯布鲁就对这位狩猎监督官有一种不安的感觉。

"我们到地上谈。完毕。"

他们降落到足球场时，大象已经离开了天桥，一群年轻人在后

第十章

面追着,大喊大叫,打着手势。双方冷冷地握手时,布莱克曼喊道,声音盖过了螺旋桨的噪音。

"正如你看到的,情况不理想。"

近距离看到布莱克曼,更印证了威斯布鲁对他的印象。

"不,但我想尽量避免向他开枪。让我给他打镇静剂。你去联系有关部门好吗?"

当威斯布鲁和他的两名巡护员朝着大象的方向小跑时,布莱克曼在原地待了一会儿给当地警察打电话,请求派尽可能多的警车来管控人群和交通。威斯布鲁借此机会迅速吩咐巡护员:

"我要从空中给大象注射镇静剂。你们和这家伙待在一起,无论如何都不要让他开枪。明白了吗?"他们点头表示同意,威斯布鲁转身跑向飞机,把布莱克曼留给巡护员盯着。

* * *

这头年迈的大象每时每刻都在变得更加虚弱和消沉,河床上只有臭气熏天的水,树木稀疏又贫瘠,根本无法作为掩护。现在他还要对付"两脚兽"。

他们在相当激烈地追赶大象,但还没做出任何引起惊慌的事。大象又一次躲开了"两脚兽"的假鸟,但他知道那怪物随时都能回来。

也许他的这个想法,整个寻根之旅,都是一个错误。也许他应该待在安全又熟悉的环境中，让那些年轻的公象崇拜自己，直到最后一次躺下。那当然比现在这样轻松多了。

现在，他看到前面的河床被堵住了。一串巨石从附近的山坡上滚落，在狭窄的河床上形成了一堵无法逾越的墙。他立马转身，准备爬上陡峭的河岸，这时他感到背部被狠狠地打了一下。

他环顾四周，看到附近一个"两脚兽"又扔了一块石头。这一次，石头在他眼睛上方擦过他的脸。他们为什么要这样做？大象疑惑不已。这让他想起了在那片寒冷的土地上一些雄性"两脚兽"对他的所作所为，在那儿他几乎失去了理智。

在那里，他目睹了同样残忍、逗弄的行为，既针对自己，也针对围栏里的其他动物。这种行为总是让他很难过，但身体上并没有受到真正的伤害，所以就算了吧，只当那些"两脚兽"疯了。

飞行员驾驶飞机重新回到空中，这时威斯布鲁迅速给镖枪上膛。他需要控制好剂量，虽然这头公象体型庞大，但年老体弱，过多的镇静剂可能会使他身体状况恶化。

他希望大象慢慢躺下昏睡过去，而不是突然倒地，如果四肢不小心被压在巨大的体重之下，血液循环会受影响。

他们需要让大象处于麻醉状态，直到保护区的运输车到达。顺利的话，一个小时内可以搞定。事情变得非常复杂。一切取决于剂量。

第十章

当他们来到大象旁边的上空时,威斯布鲁看到的景象使他怒火中烧:一群蠢货在丢石头逗弄大象!威斯布鲁看到,他的两个巡护员跑向那群年龄不大的蠢货,疯狂地挥手,可能还在冲他们尖叫。大象已经离开了河床,正朝另一个立交桥走去。但这一次他没有从桥下通过,而是决定过马路。警察到底去哪了?

几辆汽车猛然看到有大象在靠近,便放慢了速度,接着这个庞大的动物出现在车流中间,开车的人们惊慌失措,纷纷赶忙倒车,结果撞到了一起。突然监督官举起了猎枪,威斯布鲁意识到他打算开枪。然后,让他一直感到欣慰和自豪的是,两个巡护员跳到监督官面前,挡住了利索的一枪。

威斯布鲁思忖着多少剂量能把一个人类打晕,他本来也会这么干,不过现在大象正穿过一块开阔的田野,他意识到这是给大象发射镇静镖最好的时机。

"行吧,"他对着耳麦说,"我们就在这里拿下他。"

他们穿过田野追赶大象,来到了大象身后不远处的上方,这时威斯布鲁扛起镖枪,瞄准大象。直到这一刻,威斯布鲁才注意到从大象左肩流下来的血迹,他立刻意识到这不是小伤。"该死的这是……"他疑惑地大喊,现在飞行员也看到了。刺穿大象的皮是很严重的冒犯,而这个伤口很深。奇怪的是,大象还能站起来。

"这是枪伤,"飞行员在上方盘旋时观察到了这点,"看上去不像是另一头大象造成的。也不是长矛。有人对他开了枪。"

威斯布鲁再次扛起枪，对着大象的臀部发射了镇静镖。

飞机停了一会儿，从远处跟着大象，这时威斯布鲁重新给枪上膛。他们要跟踪大象一分钟，如果第一枚镇静镖没有生效，他们会再发射另一枚。大象似乎没有注意到这一针的影响，只是在田野上步履蹒跚，试图躲开直升机。

接着大象放慢脚步，向一边倾斜，几秒钟后，他就昏昏欲睡地停了下来。然后大象一屁股坐在地上，抬头看着直升机。随后，威斯布鲁发现大象其实已经看不见飞机了。

几秒之内，大象躺倒在一边，于是直升机降落到地面，威斯布鲁跑向这头巨兽，两个巡护员也跟了过来。

幸好威斯布鲁带了全套兽医工具：开花状的子弹完好无损，取出手术十分费劲，需要穿过半米多坏死的肉，在里面留下可溶解的抗菌填充物，然后缝合伤口。

他们把布莱克曼安排在场地边缘，在警察到来之前由他负责拦住靠近的人，所以威斯布鲁看不见布莱克曼观察手术时那脸上的表情。

威斯布鲁一行人跑向倒地的大象时，布莱克曼就已经看到了伤口，他越来越肯定，这就是自己那把毛瑟猎枪造成的，心情也变得沉重起来。他们会发现子弹是用大口径步枪从空中射出的，他们无

第十章

疑会来问自己要个解释。布莱克曼告诉自己,他通常不是那种会说谎的人,但他显然不得不违背这一点。

这时保护区的卡车已经来了,车上有一群年轻的助手,布莱克曼不情愿地挥手让他们通过。他准许两名电视新闻工作人员进行简短采访,同时安排警察把他们和人群一起拦在后面。这时,大象正在接受治疗,接着便被起重机小心地吊到卡车的敞篷拖车上。

他们正准备给大象解除镇静剂的药效并关上拖车,这时丽贝卡靠近威斯布鲁,给他看搜索结果,丽贝卡打开了苹果笔记本电脑,一脸惊叹地望着熟睡的大象。

这不是什么园区饲养的非洲象——这头公象曾辗转于世界各地,然后在十二年前的时候被带回非洲,但并未回到他最初的家。他出生于大约五十年前的察沃国家公园。

丽贝卡给威斯布鲁看谷歌地图,上面显示了大象从逃离至今走过的路:大象的足迹几乎是一条直线,从保护区向东北方向延伸,如果再走一千二百千米,就能直接到达察沃。显然,大象是要回到他心中的出生地,而且他那不可思议的方向感指引着他,所以,如果他在旅途中能活下来,便极可能找到那个肯尼亚的国家公园。

威斯布鲁可以听出丽贝卡声音中的钦佩,当他盯着大象巨大的头和长牙看时,同样感觉到了一种奇怪的亲切感,大象那善良的眼睛睁着,却什么也看不见。

多年来，威斯布鲁听到了一些关于大象的情感能力和深刻感知的故事，他也观察到了一些，但如果丽贝卡的推测是对的，那么大象这次旅程的规模是他从未想过的。曾经，大象被带离家乡，然后被扔在千里之外从未见过的地方，过了几十年，居然有如此强大的智慧和决心在指引他回家的方向？难以置信。

* * *

布兰代斯站在他的落地窗前，六十层楼之下的中央公园亮起了街灯，他听着扬声器里不同派别提出的三种想法。

哪怕会失去对大象的监护权，他也很快否定了第一个选项，即把大象送回自己赞助的保护区。很明显，大象会再次撞翻围栏，开始他的长途跋涉。大象想回家，这是本能，即使他们想拦也拦不住。何况他们也并不想拦。

赞比亚当局提出的第二个选项是，把大象留在运输车内，一路送到察沃国家公园，在那里放了他。这样一来，无论是对大象，还是对大象途经另两个国家的民众而言，都可以避免未来三到四周可能发生的灾难。提前结束大象的长途跋涉，避免对每个人造成许多麻烦。这似乎不用费什么脑筋。

但还有第三个选项，刚好符合布兰代斯那难搞、离群的天性。这个选项很费钱，但布兰代斯负担得起。这是诗意之作、盛大之举，

第十章

媒体可能会受到影响而将其编成一个伟大又感人的故事。这样会存在很多不确定性因素,其中任何一个都可能偏离轨道,但布兰代斯十分擅长推销这种复杂的行动。

又一次,在他那举世闻名的财富的影响下,连三个国家的高级政府官员都被唬住了。最后,没有人能对布兰代斯和他的钱说不。

那晚,大象恢复了知觉,随之而来的是剧烈的头痛、肩上的钝痛,还有一种奇怪的感觉:在周围的黑暗中,除了自己所处的寂静旷野,还有什么别的东西。

第十一章

肯尼亚，1968 年至 1970 年

黎明可以在理想的平静中到来,你吃饱喝足,身边的一家子幸福美满。到了晚上,只有你的身体躺在河岸之上,死亡之鸟啄食你的肉,光已从你的眼里消失。

我们行走的大地对我们毫无记忆,它唯一关心的是恒久不变的日夜交替、季节流转。大地对我们中任何一个的记忆都很快便永远消失了。

当我沉溺在这一想法中时,总会感到一种极大的悲伤,所以我把我所经历的每一个愉悦时刻都储存起来,这样我就可以在悲伤涌来之际拜访这些时刻。你可能会看到我站在你面前,也许正在啃食一棵火焰树,你以为我真的在那里,但我其实不在。我在我的记忆中,也许回到了几年前我似乎在站着的地方。

我和"两脚兽"家人在一起的日子持续到了次年雨季,然后蔚蓝妈妈带着族群按照承诺回来找我了。那时我最亲密的朋友,也就是那位善良的"两脚兽"小伙子,跟着我走了一段时间。象群也习惯了他的存在,他白天混在我们中间一起走,晚上就在小火堆旁睡觉,这一切我们都看在眼中。最后,他向我道别回家了。

第十一章

我的"两脚兽"家庭的其他成员不时也会来看我,这时我们彼此总是激动万分。我的象群伙伴对他们并不太友好,但从不威胁他们的假兽,即使他们近得触手可及。蔚蓝妈妈定了一个规矩,任何象崽都不能和"两脚兽"一起玩,以免失去对"两脚兽"的戒备。这对大象来说可能意味着死亡。

随着我长大成年开始独立,接下来的阶段是迄今为止我生命中最令人兴奋的,不过当时的我并没有意识到好景不会太长,我还以为生活会越来越充实。现在的我看着年轻公象朋友们经历同样的愚蠢,但我知道要让他们自己发现真相。

我开始理解更复杂的行为规则,当我成为正式成员后,象群的行为方式有了新的意义,也就是说,我得在族群需要的时候愿意为之献出生命。我适应了族群的节奏和发生在所有大象身上的逐渐变化。我的身体在三个季节里长到之前的两倍大,很快我就成了族群里体型最大的年轻公象。我的象牙开始长出来了,姨母们都说长得很好,而且会更大,这对成年公象很有用。

除了那些即将离开加入单身象群的公象,我是族群中最强壮、最有力量的公象,我可以在比赛中用蛮力或意志力击败任何一头同龄象。我是一个令人骄傲和向往的标本,那时我并不知道,这最终会把我害了。

*　*　*

吉钦加警告罗素的那些变化像一股黑暗的风席卷了东非，至少对英国白人社会来说是这样。虽然仍有游猎是由大公司经营的，因为这些公司提供了数百个工作岗位和数百万美元的收入，但巨大的变化是显而易见的：非洲原住民的地位在上升，尽管部落争斗阻碍了他们的崛起，但政府已经牢牢掌握在非洲人的手中，而那些曾经大权在握的富有白人，若是没有逃往欧洲或南非，则不得不对"教育程度不高"的黑人官僚低头，如果不表现出恰当的态度——或者更确切地说，如果不提供恰当的贿赂——这些官僚可以把一笔简单的交易拖延数月。

罗素和其他白人导猎很快就意识到，虽然盗猎活动正导致大象和犀牛数量锐减，但仅靠他们自己无法阻止盗猎的肆虐，连鲁珀特和他的朋友们也无法做到这一点，腐败现象太普遍，涉及的区域太广。

因此，罗素和朋友们从凶猛的游牧部落中招募了几十队巡护员，并称为野战部队。野战部队配备步枪和无线电收发装备，两人一组在公园里巡逻，奉命与盗猎者交火，必要时甚至开枪射杀。

野战部队的佣金来自游猎公司的利润以及不得不在表面反盗猎的肯雅塔政府。部队的存在极大地打击了对大象的杀戮，但每年仍

第十一章

有数千头大象被屠杀。象牙对于将其销往亚洲市场的中间商来说太值钱了，他们没有一个人明白，也不关心这些动物承受着巨大的痛苦和损失。

而亚洲人自己更是浑然不知，菲律宾天主教会在过去和现在都是世界上非法象牙雕刻品的最大买家。据说有些国家，其政府向人民保证，在砍掉象牙时，不会有大象被杀死，象牙被"收割"之后还会长回来。

在初试执行反盗猎计划之后，罗素很高兴地把这项工作交给了野战部队。尽管他在最危险的狩猎情境中也无所畏惧，但对于一个中年有家室的男人而言，每天冒着风险与盗猎者发生冲突已不再是计划中的一部分了。

罗素的生活中还有更多的变化。正如他后来在沉思中告诉自己的那样，这些变化总是在最意想不到的时候出现。

* * *

1948年春天的伦敦，在瑞士大使馆的一次聚会上，吉恩遇见了罗素并对他一见钟情。他潇洒气派，甚至可以当电影明星，所以当吉恩发现他出身于上流社会，并且曾是一名在战争中获得勋章的军官时，决定不再因为他的长相而抵触他。

经过了猛烈的求爱、正式的订婚，罗素问吉恩的家人是否可以带她去东非旅行。吉恩跟着罗素驱车驶出内罗毕，几千米后便驶离了公路，这时罗素让她闭上眼睛，直到他们到达一片高地的顶端。

罗素让吉恩睁开眼睛，放眼望去是一片绵延数千米的郁郁葱葱的大草原，无数的兽群点缀着平原，头上是布满雷雨云的天空，就是这儿了。就像罗素第一次望见野性非洲的雄伟时一样，吉恩知道自己已经回家了。

当客户预约了家庭游而非全是男人的出行时，吉恩会陪着罗素去游猎，这样如果客户的妻子不参与狩猎，也有人可以陪着聊天。她们会坐在另一辆只能拍照的车上，由另一个白人猎手驾驶。他们会分头行动，这样在回到营地之前，两辆车的距离都会相隔数千米。

1968年的那个夏天，著名的好莱坞制片人杰克·辛格带着他的新婚妻子——一个比他小十三岁的电影演员——以及跟前妻所生的两个十几岁的儿子，一起来游猎，表面上是为了教儿子如何尽可能多地射中"非洲五霸"，从而成为"男人"。到目前为止，父亲带着儿子们已经捕到三头狮子、两只豹子、两头非洲水牛和一头犀牛。但他们还不够走运，连一头奖杯大小的大象都没能发现，父亲执迷于在回美国前打倒一头。

一天晚上，在他们返回营地的路上——此时距离游猎结束还有两天——站在后座观察员位置的卡格韦吹着口哨，指着远处山坡上一头离群的公象。大象很快消失在灌木丛中，在他们瞥见大象的那

第十一章

短短一瞬间,便知道那象牙是世界级的。能活这么久,这显然是一头老谋深算的大象,所以罗素当即就知道这会是一次具有挑战性的狩猎。

光线正在迅速变暗。罗素意识到,如果他们现在回去的话,次日早上可能就找不到这头大象了,即使到时候循着足迹追踪。这头大象在受惊的情况下能甩开他们十几千米,而他刚才可能已经看到了一切。

于是罗素朝大象消失的地方驶去,并问辛格是否愿意跟着他走进灌木丛。

"里面可能会有点刺激,你准备好了吗?他大得离谱。"

"我们的灯能亮多久?"辛格因为突然的紧张而喉咙发紧,但他尽量不表现出来。辛格并不擅长捕猎,他的大儿子更有胆识,射得更准。但辛格花了一大笔钱来到这里,而白人导猎就是要给足客户面子。

"大概十分钟吧。我们得有点运气才行。"

他们到达了大象消失的地方。罗素和卡格韦跳了出来聆听动静,然后听到了那头大象在灌木丛深处发出的巨大声响。

拿枪的人递给辛格一把猎枪,陪辛格的小儿子留了下来,除了罗素、卡格韦和辛格,其他人都不能冒这个险。第二辆车现在可能已经回到营地了,女士们在亮着灯笼的就餐帐篷里喝着鸡尾酒。

他们进入灌木丛，里面覆满了两三米高的荆棘，还有坑道和小空地组成的网，这是多年来无数的猎物所刻下的印记。

能见度很低，坑道是蛇形的，所以他们必须小心地绕过每一个弯道。这不是大多数人类会选择去的地方，近距离来到大象的地盘上，他们就是世界上最危险的猎物。大象在受到威胁时会冲锋向前，如果第一枪或第二枪未能致命，大象就会用鼻子抓住折磨他的人，把他甩到地上，也许还会用象牙刺穿他，要么干脆把他压碎在自己那1万磅重的结实肌肉之下。

但正因为此，罗素成了一个十分受欢迎的导猎，他喜欢这些遭遇，而欧美皇室跟随他进入危险地带并活着讲述这一经历，从中得到刺激。

罗素和卡格韦打着多年来不断完善的手势，领着辛格走上了几条通道。他们走了大约一百米，突然传来大象的巨响和甜得出奇的气味。罗素停下来，举起了手。

罗素和卡格韦意识到，这不仅仅是一头公象，还有好几头大象在他们周围的灌木丛中。罗素观察辛格的眼神，发现他也意识到了这一点，而且吓呆了。

在灌木丛中与一个惊慌失措地拿着上膛步枪的客户在一起，这几乎和被大象包围一样危险，所以罗素示意他们应该掉头，原路返回。

第十一章

他们走到出口的一半时,前面十多米处的灌木丛突然向外炸开,一头成年大象挡住了他们的去路。这不是那头长着大象牙的公象,而是一头母象,但近距离看起来巨大无比。

他们三个都愣住了,希望她也许没看见自己,但为时已晚。大象已经闻到了他们,转过头来的时候便瞧见了他们。罗素看到了她眼中的杀气,迅速举起枪。辛格也照做了。

母象冲了过来,原本只需快速的三大步就能把他们踩在脚下,然而两声震耳欲聋的枪响过后,那头大象翻滚倒地,离他们的脚仅有几厘米。这时,周围的灌木丛轰然炸响,其他的大象纷纷离开了。

随后是一阵寂静,卡格韦从藏身的地方爬了起来——他没有带枪——查看那头死去的大象。罗素望向辛格,他才刚刚缓过气来。

"射得好,"罗素轻声说道,辛格得意得满脸通红。"我们明早再过来看看能不能找到公象的足迹,但可能性不大。"

附近灌木丛中突然沙沙作响,他们都转过身,接着阴影中出现了一幅令人心碎的景象。一只小象试探性地走到他们面前,用小小的鼻子嗅着母象毫无生气的脸。然后它对着天空高举象鼻,对着人类抽了抽鼻子,困惑地发出一声可怜的呜咽。

罗素跪在地上,抚摸着两个月大的小象,痛苦地低着头。

"所以她才会冲向我们。我们一定是挡在了母象和象崽之间。"

罗素叹了口气,给枪上了膛,"小象在这里活不了多久,他不应死得那么痛苦。"

"天哪,你不能杀他!吉恩救孤儿,对吧?"

"他太小了。没人养过这个年龄段的象崽。"

辛格目不转睛地盯着小象。小象正爬上妈妈的尸体,想把她叫醒。

"我们可以试试。不管要花多少钱,我都会支付费用。"

就在那一刻,罗素对辛格的看法发生了一百八十度大转弯。

"那你要放过那头公象吗?如果我们要救这个家伙,就没时间……"

"别管那头公象了。我不想再开枪了。"

罗素把保险关上,把枪扛在肩上。他用基库尤语简短地跟卡格韦说了几句话,随后卡格韦匆匆朝路虎车走去。

第一天晚上,吉恩和几个"小伙子"在照顾小象。罗素看着辛格一家回到帐篷睡觉后,去了小伙子们为小象搭的围栏。

吉恩看了一眼助手们,他们便悄声溜出了围栏,留下夫妻俩独自带着熟睡的小象。黑暗中,他的呼吸平稳而悠长,肚里被吉恩的新配方奶填满。

罗素在吉恩身边的毯子上坐了下来,简单地说:"真的对不起。我知道我没有借口……"

第十一章

她的眼睛里有一种无可奈何的神情，这几乎比愤怒还要糟糕。在大多数失败的婚姻中，有这么一个时刻，如果能认识到并处理好，可能会挽救这段关系。如果错过了，就再也回不去了。罗素意识到他就在那一刻的边缘，确信这一点之后，他的心不寒而栗。

"你得做出选择，罗素。不是说我俩是否能这样走下去，因为我们不能。"她停顿了一会儿，然后继续说下去，"而是说，你想留在过去……还是拥抱未来。世道已经变了，你却把头埋在沙子里。"

"我明白，"罗素轻声说，"我也赞同。这是最后一根稻草。"

"你可以成为新道路上最有说服力的例子之一。让罗素·哈瑟维这个世界著名的大型猎物狩猎者放弃捕猎，只做摄影游猎？这在我的世界里会是一件大事。"

罗素点了点头。多年来，他一直都听到了吉恩的恳求，但就像还未喝出问题的酒鬼一样，直到这场意外的悲剧他才相信自己走的道路是错误的。如果他要失去老客户——以及他们带来的钱——那就这样吧。至少这能挽救他的婚姻。

他已经准备好做出改变。

第十二章

肯尼亚，1969 年至 1970 年

事实上，吉恩早就开始做出改变了，这将对他们两人以及东非的所有野生动物产生影响。吉恩的动物孤儿院，连同她的名字，在保护主义者圈子内外出了名。她用这个孤儿院来支持一些保护野生动物的倡议，还帮助推荐有爱心的肯尼亚人竞选公职。

吉恩在内罗毕的进步政界中成了一股温和的力量。在政府的大厅里总是可以看到这样一番景象：一个优雅的美人肩上坐着失去父母的小黑猩猩或狐猴宝宝。看到他们的魅力和纯真，顽固的部长或官僚们至少也要坐下来交谈。

在吉恩看来，她最大的成就是培养了三个独特又可爱的人。虽然她自己的两个孩子会离开非洲，但卡莫总会相伴左右，她知道卡莫永远不会离开。虽然没有血缘关系，但吉恩把他视为己出。两个孩子和卡莫也情同手足。

卡莫和他们住在索尔兹伯里时，吉恩和罗素负责供他上学。到了1970年秋天，他被内罗毕大学以全额奖学金录取，准备攻读兽医学。

伊希跟着收留他的象群离开三年了，在人类确信他已经适应了

第十二章

环境之后，就已经彻底放手了，不过一直记着他。每当他的象群经过公园时，罗素都会发现伊希，他们的重聚总是让彼此都很激动。罗素允许客户通过路虎车的窗户与伊希互动，在欢声笑语中，伊希会用鼻子探索他们的脸。只要看一眼伊希那双温柔深情的眸子，客户们总会带着感动离开。

这些只会拍照的客户与那些狩猎的人有很大的不同——坦白来讲，罗素觉得他们是温和又好骗的环保主义傻子——不过这也没什么。他并不怀念伴随枪支而来的酗酒和吸烟。如今，随着时代的变迁，大型猎物狩猎者开始被边缘化，狩猎旅行的数量也大幅减少。罗素意识到，他决定放弃狩猎是对的，即使并非完全出于自愿。

* * *

过去几年，尽管卡莫一直在"文明"的环境中长大，但他身体里仍然留有一丝野性。卡莫最好的朋友恩德瓦不时会来索尔兹伯里，两人便外出徒步历险，只带弓箭或长矛，靠自己的聪明才智生存。这使卡莫与他身体里住着的"基库尤战士"保持联系。虽然卡莫受过许多教育，不相信部落古老的那套，但十八岁男性荷尔蒙的影响是不可能被忽视的。

卡莫要去上大学前的八月，恩德瓦来找他，两人都知道这可能是他们最后一次共同历险。恩德瓦是村长的长子，所以两人要走的人生道路完全不同。认识到这一点后,卡莫和恩德瓦都感到十分伤感,但他们知道,两人将是一辈子的朋友,所以他们踏上了这段旅程,就好像两人之间什么都不会改变。

那个季节的雨水使得平原郁郁葱葱,杂草丛生。食草动物可以享用多年来最茂盛的植被,捕食者则迎来了一生中最好的狩猎时机。正是在那个肥饶安逸的环境里,两个好朋友最后一次在年轻的时候一起狩猎、畅谈。

*　*　*

吉钦加飞黄腾达了。在抛弃了窄谷镇的妻儿后,他搬到了繁华的沃伊镇,在那里他为新政府收债。

在过去的几年里,他一直避开察沃,部分原因是他与罗素有过摩擦,但主要原因还是野战部队的出现。现在内罗毕和蒙巴萨的买家对象牙的需求十分大,价格是原来的五倍,老行当变得这么有利可图,他可不愿放弃。

吉钦加找到了一个新的手下,开始偶尔在周末外出。东察沃和西察沃的面积加起来超过一万五千平方千米,除了孤零零的铁轨和一条穿过公园中心的"高速土路",公园里几乎见不到人类,只有巡护员、偶尔去游猎的人和几个小村庄的村民。吉钦加认为,如果他们提前被送去那里,后面再由卡车接走,就可以进行闪电式突袭,

第十二章

而且被抓的风险很低。

再不济,他们就向巡护员开枪。野战部队很少有超过两个人的,而吉钦加的手下中有五个人配备了大威力步枪。巡护员疯了才会对抗他们。

十八岁的恩德瓦是个技艺高超的猎人和追踪者,他的鼻子和耳朵几乎从不出错。这时,他和卡莫在一个山洞外的火堆上烤着一只犬羚,这个山洞隐藏在一个他们以前经常光顾的古老熔岩区中。突然,恩德瓦向卡莫打了个手势,然后朝西边点了点头。

在落日的余晖中,卡莫什么也看不见,但鸟儿刚刚安静下来,而且恩德瓦闻到了什么气味。是人,离他们很近,正朝这边来。

两个男孩悄悄退到洞口,看着五个身着非部落服装的武装男子走进熔岩区。这群人的头目——卡莫和恩德瓦可以从他和手下的互动中看出,那人占领导地位——环顾四周,看是谁放的火,并悄悄下令找到他们。

当卡莫在暮色中看到领头那人的脸时,一阵肾上腺素窜过全身。六年前那场屠杀之后,这是他第一次见到吉钦加,但是吉钦加并没有什么变化。

卡莫低声对恩德瓦说:"我们现在的处境非常危险。那个人是我们村里的,你还记得他吗?"

"记得,这是吉钦加·基马蒂,"恩德瓦低声说,"好几年前,我父亲是逼他离开的长老之一。"他想了一会儿，然后做了一个决定，"不要表现出害怕。假装我们从没见过他。"

恩德瓦走到火光中，张开双手表示欢迎。然后卡莫也加入了他的行列，两人天真地看着盗猎团伙，好像没什么好怕的。

"晚上好，各位猎人。你们想一起烤火吗？"

盗猎者们望向他们的老大等待指令，吉钦加冷冷地微笑着。

"晚上好，年轻的朋友们。你们真好。"他盯着两人的眼睛，希望能认出他们来。他们没有给任何回应，所以吉钦加继续说，"我们没料到会在这里碰到任何人。你们是附近村子的人吗？"

"不，先生，我们的村子要向北走三天，"恩德瓦坚定地回答，"在尼耶利湖附近，您不一定听过。"

"啊，我知道，我曾经……我是在这一带长大的。"吉钦加回答道，随后停了下来，控制住了自己。"那么，请允许我们铺开毯子过夜。我们自己带了食物，你们真好。"

盗猎者们现在知道两个大男孩很单纯，都放下了武器。毕竟，他们是在相似的村庄里以同样的方式长大的。他们都曾天真可爱过，年轻时也都出去徒步历险过。

当盗猎者准备睡觉的时候，他们已经喝掉了三瓶朗姆酒，这些酒都能驱动一辆车了。男人们爬到毯子下面，一个接一个地昏睡了过去，留下两个男孩在火堆旁。

第十二章

如果他们刚屠杀象群,在某个地方埋了一堆象牙,他们当然不会泄露。吉钦加可能已经警告过他们该做什么、该说什么,例如,他坚决要求两个男孩在睡觉前把火扑灭。显然,他更担心的是巡护员发现火光,而不是怕捕食者在他们中行走。

两个男孩回到山洞里,铺好毯子,这时恩德瓦悄声对卡莫说:

"天一亮我们就走。"

"不,"卡莫答道,"我们应该马上离开。比起睡在那个男人旁边,我更想走在狮子中间。我可不想一觉醒来就被弯刀割断喉咙。"

这两个年轻人在黎明前到达了高速公路,拦下第一辆经过的车,这是辆装满洗浴配件的货车,恰好要运往内罗毕的公寓。司机是一个印度商人,起初很怀疑,直到卡莫用流利的英语和他交谈,才同意把两人带到最近的警卫门。

在那里,卡莫用无线电呼叫了狩猎监督官,监督官派遣了十二名野战部队成员前往熔岩区,吩咐他们做好准备,可能会发生暴力冲突。

当卡莫和恩德瓦搭便车回到村里的岔道时,野战部队也到达了熔岩区,发现了烹饪用火的灰烬和丢弃的朗姆酒瓶,但盗猎者已经走远了。天还没亮,盗猎者们就被吉钦加叫醒去消灭目击者,他们发现山洞是空的,意识到自己被耍了,于是就离开了,他们知道两人很可能会向当局报警。

尽管卡莫怀疑过吉钦加会割断他们的喉咙，但他从来都不知道自己差一点就要在山洞里流血至死。

第十三章

伦敦、纽约和肯尼亚，1970 年至 1972 年青春期对于异性恋都已经够艰难了，更何况你不得不紧闭柜门，身处闭塞的内罗毕省，这个时期变得难以忍受。在贝德福德时，特伦斯曾对他最好的朋友有过想法，但由于那位朋友是"直男"，特伦斯没办法做任何试验，并且他知道，询问任何人对此的感受都将带来羞愧和耻辱。

毕业后的那个夏天，特伦斯在伦敦一家画廊为他父亲的一位朋友工作。他的脸已经从"意外"中恢复过来，但他的吐字受到了微妙的影响，心理创伤也永远不会彻底消失。大四的时候，他的个子往上蹿了好几厘米，他也从一个娇生惯养、柔弱迷惘的男孩变成了一个英俊、瘦弱的年轻男子——尽管他仍然有诸多困惑。他不知道街上路过的人为什么用那种眼神瞧他，但他穿着新的紧身喇叭裤和波西米亚外套，波浪状头发飘扬及肩，很快便出入于"摇摆伦敦"[①]最酷的俱乐部。

---

① 指的是20世纪60年代英国伦敦流行的青年文化现象，具有叛逆精神的时装、音乐、文学、电影交替上演，是摇滚乐和嬉皮士的时代。

第十三章

直到他的初吻给了一个男人,他才意识到为什么在青春期的时候如此空虚,对女孩不感兴趣。他一头扎进了这个新世界,在遇到伦敦最有魅力的同性恋群体时,试图弥补失去的时光。

当时,大卫·鲍伊和华丽摇滚风靡英国,特伦斯被这种时兴的音乐深深吸引住了,于是他重新开始唱歌,这是他小时候最爱的事情。可惜他从未学过识谱,也没有写词的天赋,所以即使他外表惹眼,试音的乐队都选择了更有经验的音乐人。但这确实让他走上了与音乐沾边的道路,成了一名专辑封面拍摄的摄影助理。

特伦斯很快就挣够了钱来和另外三个新来的人合租一套公寓,他们都风华正茂、时髦漂亮。特伦斯写信对父母说,他已经申请了伦敦大学,打算主修设计。特伦斯在信中写道,他很抱歉离家在外,但和姐姐一样,短期内他选择了在国外生活。

阿曼达追随着自己的新使命,被哥伦比亚大学录取,就读于当时世界上最负盛名的新闻学院。当她走在曼哈顿西村[①]和上西区[②]的街道上,陶醉在音乐中,欣赏着从公寓窗户、临街店面和公园里飘来的景象和气味,她可以从同伴脸上看出,这一切都属于她曾预

[①] 居住着许多艺术家,是美国反主流文化的大本营。
[②] 位于美国纽约曼哈顿,是一个富人区,也是知识和文化的中心,哥伦比亚大学和林肯中心均坐落于此。

见到的巨变。

她，或者他们中的任何一个人，都不知道反主流文化运动将在短短几年内结束，世界上大部分人，包括大都市里沉默的大多数人，都不在乎。

最终，这场运动让商界发现了商机，成了营销的噱头。民权运动和反战运动在二十世纪七十年代中期逐渐偃旗息鼓，除了音乐、性习惯和吸毒之外，几乎所有的一切都回归正常。无论婴儿潮一代，或者至少是其中少数敢于发声的人多么极力否认，人类的本性永远不会真正改变，至少改变不会持续太久。

* * *

尽管过去几年的雨季降水充沛，平均法则在1972年以一种报复性的方式追上了东非平原上的猎物。在象群的记忆中，从未有旱季持续的时间如此之长，虽然大象们知道要去寻找更凉爽的高地，但即使在那里，草也烤焦了，树也干透了。

平原上数以千计的动物相继死去，接着，一些大象也一样，首先是年老体弱的母象，她们的体重急剧下降，直到没有足够的精力跟上象群。

对于像伊希这样的年轻公象而言，他现在十岁了，正处于青春期的黄金时期，这是他第一次经历这么长时间的干旱，还要被迫以

第十三章

蓟为食,吮吸肮脏的沙水,体重也开始下降。

大象们的皮都挂在褶里,积蓄的脂油正在流失或荡然无存。伊希最爱的几位老姨母都被压垮了,他饥饿萎靡,心痛不已,觉得自己撑不下去了。但最后,伊希还是和其他悲伤的大象一起继续前行。他们会在雨季回来埋葬朋友们的尸骨。

但首先他们必须从野火中幸存下来,那场一辈子才遇得到一次的接连大火在当年烧毁了东非。

闪电击中的地方很远,起初瘦骨嶙峋的平原居民几乎没有注意到。原以为云会带来雨,但随之而来的只是更高的气温和缥缈的晚风。接着天空噼啪作响,发出轰鸣,云层咝咝带电。空气中弥漫着浓浓的臭氧味。

突然,大象们感到大事不妙。他们朝东方望去,一片比天空暗得多的云把太阳染成了血红色。

然后,大地隆隆作响,第一拨从东边逃来的动物到达了一个高地,正朝这边赶来。还没等那群动物冲进象群,一堵虫墙飞扫而过,飞得最低的昆虫撞进象群的眼睛,一时间什么也看不见。

平原居民像海啸一样卷走了一切,不知不觉中,伊希与族群走散了。

蹄声震耳欲聋,族群中的几个成员根本没有听到蔚蓝妈妈或其他母象的哀求声,蜂拥逃窜让象群四分五裂,跑往不同的方向。

* * *

我发现自己独自在一片小灌木林中,其他动物轰隆隆地穿过。我环顾四周,但找不到族群的踪迹。事实上,现在只有小型动物在恐慌中乱窜,蛇和啮齿类动物拼命寻找可以藏身的洞穴。最后一批树上居民重重落地,这一次没有吱吱乱叫,赶紧逃命去了。连鸟儿都飞走了。

我再次呼唤我的族群。什么也没有回来,狂躁的动物们逐渐散去,只剩下尘埃静静地落下来。我感到一股熟悉的寒意爬上了心头,这是因为我现在完全只有自己,不会得到任何帮助。我几乎是一头成熟的公象了,必须靠自己生存下去。

突然,一点燃烧的余烬落在我身旁的树上,火焰喷了出来。更多的余烬落了下来,目光所及之处都开始燃起小火。我开始逃跑闪避,想找个地方躲起来,可怎么也找不到。

我转过身来,看到旋转的橙红色火墙正在逼近,也许还有一分钟就到了,整个地平线上尽是火光。我在恐慌中想象着,这火甚至有一个声音,是骇人的、愤怒的号叫。然后一片烟雾落下将我罩住,我几乎什么也看不见。

我跑了起来,气喘吁吁,感觉就要窒息,四肢的速度达到了极限。不久,我向一座陡峭的小山奔去,山上烟雾都消散了。

第十三章

眼前的大草原上,到处都是垂死挣扎的平原居民,他们倒在地上,任由其他动物踩踏。有些动物用前腿拖着残破的身体,这景象让我更加心神不宁,也让我跑得更快了。

后来,我实在跑不动了,停下来喘口气。当我环顾四周时,心怦怦跳起来,我仿佛看到有头我们族群的大象站在悬崖底部,隐藏在阴影和一堆相同暗色的巨石中。但为什么他或她不喊我?我疑惑不解。

我走近一看,这不是我族群的成员,而是一头体型庞大的年老公象,他长着巨大的象牙,一副不可一世的样子。我以前见过他,在雨季的聚会上,成年公象可以享受几个星期的接待。他的名字叫大黑,是我们圈子里面出了名的难对付、脾气大。

"大黑,先生,"我喊道,"我们没有正式见过面,但我听过您的大名。如果您知道有什么可以躲藏的地方,我将感激不尽。"

当我走近时,看到有液体从他的太阳穴流出,这是成熟公象处于狂暴状态的迹象。这预示着他现在心情可不太好,但在这个关头,我也不在意了。我希望有头老象教我逃过死劫的办法。

大黑用低沉的声音问道:"你叫什么名字,是哪个族群的?"

现在不是谈话的时候,但我还是回答了,希望能和他交个朋友。

"我出生在赤眸的族群,她去世后,我的母亲成了族长。她叫月亮妈妈。他们都被两脚兽杀死了,后来蔚蓝妈妈的族群收养了我。"

大黑似乎在努力回忆他一生中遇到的几百个族群的名字，然后他摇了摇那巨大的头。

"真可怜，你长大的族群里有我认识的最卑鄙的母象——暴风。可怕，太可怕了。"

他的记忆是完整的，但我有种感觉，他哪里不太对劲。

"如果您愿意，我想讲一个关于她的故事。"我提议道，"同时我们等待这一切结束，可以吗？"

"你已经被赶出去了吗，孩子？你看起来被抛弃了，不知道这么说对不对。"他拔起一丛草，在膝盖上抖掉尘土，然后塞进嘴中。

我回头一看，只见那堵熊熊燃烧的火墙就在几百米外。随后，高温开始向我们袭来。大黑似乎没有注意到。

"不，我没有被赶出去，先生，但是目前我跟族群走散了，我很慌。您打算在这里等着，还是想去别的地方呢？"

我听到大黑身后的某个地方传来另一头公象暴躁的呼喊：

"你在跟谁说话？我们进去吧，免得太迟了！"

大黑转过身，瞪着那个捣蛋鬼，那是头比我稍大一些的年轻公象。

"别胡扯。如果你需要，你就进去吧。我要在这里迎接我们这个小族群的新成员。他被他的姨母们抛弃了。"他转过身来，疑惑地看着我，"我忘了——你跟我说过你的名字吗？"

第十三章

"我一定是忘了，先生。我叫伊希。我以后再跟您解释这个名字的来头，我想我们必须马上'进去'。"余烬开始如雨般落下，滚烫的毒烟正翻腾着向我们袭来。

大黑叹了口气，蹒跚着走进巨石堆里。

"跟我来，孩子。你和我们在一起会很安全的。"

我沿着一条弯弯曲曲的小径，穿过巨石，来到悬崖底部。在那里，我看到另外五头年轻公象正焦急地等着，他们的年龄从十岁到二十岁左右不等。他们现在都转过身，走进一个地下开口，我意识到那是一个洞穴的入口。

我的眼睛慢慢适应了黑暗，我看到有许多其他平原居民在一个凉爽的洞穴里乱转。我们进来后走到了最远的墙边，他们也挪到了一边。我们在那里转过身，满怀期待地望着入口处。

过了一会儿，外面的光变成了明亮的橙黄色，我们都听到了恶火经过我们藏身之处时发出的咆哮和嘶声。没有动物发出声响。

就这样，我生命中一个新的时期意外开始了。我一直都知道，公象一旦能够骑在母象身上，就会被要求离开族群，我确实亲眼看到了这一点。这是年轻公象一生中最痛苦难忘的事。因此，毫不奇怪，这个小型单身族群里都是愤怒而迷惘的公象。他们追随一头精神错乱的年老公象是为了在这个孤独又危险的世界中有陪伴和保护。

我决定暂时和他们待在一起，我可以和他们同行，直到发现原来族群的踪迹。

我们冒险出去的时候已经是傍晚了。走在烧焦的土地上，一块块火红的光在漆黑中闪烁，还有一股强烈的刺鼻气味传来。我意识到，我们要走好几天才能找到草料，到那时，原先族群的任何气味都将被抹去。一旦我们到达未被烧毁的土地，我就必须嗅出他们的排泄物，希望那时我能明智地走上蔚蓝妈妈可能选择的那条路。否则，我也许要过很多个雨季才能见到他们——甚至可能永远也见不到了。想到这儿，呼吸都变得困难起来。我会不会又一次被抛下？

当太阳从荒凉的土地上升起时，我发现同行的一头年轻公象是我幼时的玩伴。能遇到一头从那时就认识我的大象，我兴奋不已，但也有些尴尬：他原是暴风家族的一员，在她被驱逐的时候和家族一起离开了。在那可怕的一天之前，我们一直是好朋友，他也承认暴风肯定犯下了罪行，所以我们很快就从伤感中走了出来。他现在的名字叫小溪流。这是因为他走路时总有尿液滴下来。就他的年龄而言，他有一对漂亮的象牙，甚至比我的还大，但我对这样一个善良的灵魂无法心怀嫉妒。

他原来的大家族很幸运，完好无损地生存了下来，让他们难过的事情都是常见的那些，就像不时有亲朋好友离世，但没有什么大灾大难。暴风把他们带到了雪山下的土地，在那里繁衍生息。但是，

第十三章

暴风只当了一个雨季的母象王,一个乳臭未干的"两脚兽"向她射了一箭,苟延残喘了数日之后,她在极度煎熬中离世。听到她受了这么大的苦,连我都为之动容。

小溪流听说了我原生族群的结局,当他发现我还活着的时候,激动万分,其他族群都以为我们整个族群只剩下骸骨了,但我还活得好好的。

到这时,我对其他几头公象已经略有了解,尽管他们都不太友好。大黑则独来独往,同时领着我们向隐约未被烧毁的群山轮廓走去,似乎还有几天的路程。

我告诉小溪流,我跟收养我的族群走散了,想要找到他们的踪迹,重新加入他们。他沉默得出奇。其他的年轻公象也一样。他们似乎都害怕大黑的暴脾气,大黑这时停了下来,转向我。

"寻找你的族群,是吗?昨天,他们在死亡面前抛弃了你,今后,当你成熟到让他们厌烦的时候,他们一定会再次抛弃你。你确定要找那个族群吗?"

大家异口同声地表示赞成,都摇起了象鼻,大黑便继续往前走。我觉得自己渺小又愚蠢。

"你知道,再过一两个季节,你就要被赶出去了。"小溪流平静地说,"我懂。我比你大一个季节,连我亲妈都不再跟我说话。"他站在那里,尿液从后腿上滴下来,"也许是命中注定,他们把你丢下，然后你找到我们。也许这是个预兆。"

"他们没有丢下我！"我吼道。我痛苦地闭上眼睛，对族群的爱将我撕裂着……还有一种我不愿承认的感觉，我的时间肯定要到了。蔚蓝妈妈和其他母象跟我都没有血缘关系。她们为什么要为我破例？

我曾见过其他与我年龄相仿的公象赖在族群里不肯走，连续几个星期可怜兮兮地躲在一边，他们的母亲、姨母，甚至是还没到离群时间的公象玩伴都冷漠地视而不见。后来的某个早晨，他们便离开了。我不想走到那个地步。

也许小溪流说的是真的。也许这是一个预兆……而我一直在梦游，不敢面对即将到来的现实。也许最好的办法就是和现在这个族群同行，让自己过渡到成年。这样，我就不会心碎了，不会在找到族群的时候发现自己并不受欢迎。

是的，我想事实也许就是如此。当我和单身象群同行时，我会为失去的族群而悲伤。但更多的是，我要为逝去的青春而悲伤，而我当时还没意识到这一点。

第十四章

坦桑尼亚,伦敦和曼哈顿,当今

正如布兰代斯所预测的那样,媒体对他的想法十分着迷。他们怎么能错过这样一个令人愉悦的故事——跟随一头年迈的公象长途跋涉一千多千米,穿过未知的区域和无数的危险,试图找到回家的路……然后他就寿终正寝了?这令人哀痛,扣人心弦,媒体连续四周左右都会报道这个故事。这是个很棒的"真人秀"。布兰代斯认为,一旦这个故事传出去,就会火遍全球。

花这笔钱是值得的,用于派先遣队为大象扫清路障,用于请侦察员同行以防任何伤害,用于向各国政府支付这个"马戏团"的过路费。

这一切都发生在离他们的拍摄对象至少一千多米远的地方,大象永远也不会发现,在树上或六百多米高空的直升机上藏着摄像头,而自己被密切注视着、巧妙引导着,播送到全球各地。这不仅能为世界各地的野生动物组织带来数百万美元的收入,还有助于改变公众对野生动物所处困境的看法,它们的世界在迅速缩小。

当然,所有这些辉煌事迹都取决于事情是否按计划进行。

到赞比亚和坦桑尼亚边境的最后将近五十千米——以及过境本

第十四章

身——都会有问题,威斯布鲁瘫倒在租来的房车的床上思忖着,这是他几天来头一次睡了整整一个晚上。但从那里出发,旅途可能会容易些:剩下的将近一千千米从坦桑尼亚到肯尼亚边境,途经之处大部分是国家公园和湖泊区域,而非需要阻断交通和控制人流的人口密集地区。

他们的计划中唯一的障碍是大象喜欢夜间行动。中午时分,他会找地方遮荫,日落之后他再重新上路,这意味着他们有很多时间要打发。

这就引出了最关键的几个问题,其答案有望让整个故事变得完整。首先,除了表面上想回到出生地之外,大象是否在寻找他的原生象群?其次,五十年前在察沃时,大象曾被人类抚养过,他们是否还活着?威斯布鲁让丽贝卡着手调查,第二天早上,她带着一些答案回来了。

这家人里有一个著名的白人导猎,他和妻子吉恩有两个孩子。吉恩在1962年左右创办了非洲最早的动物孤儿院之一,并被誉为第一个成功抚养象崽并在几年后将其放归野外的人。如果那头小象凑巧是现在这头公象,故事就更精彩了。

丽贝卡找到了罗素的位置,他目前八十七岁,是个风景画家,住在伦敦郊外。丽贝卡还找到了两个孩子中的一个。罗素的女儿在离婚后碰巧又起回了娘家的姓,所以丽贝卡在谷歌她的名字时立马就搜到了。阿曼达现在六十三岁，是一位著名的记者和作家，也生活在英国。吉恩和他们的儿子特伦斯似乎几年前就去世了。丽贝卡保证还会跟进更多的细节。

布兰代斯显然想让这家人里还健在的成员飞往肯尼亚，在那里等待大象的到来。如果这么多年过去了，大象还能认出他们来，那房子里所有人都会泪湿眼眶。威斯布鲁在纽约给布兰代斯打电话的时候想，如果他们能把一切都安排好，这将令人动容。布兰代斯非常肯定，这一切都会实现，因为他现在坚信一句古老的谚语：大象永远不会忘记。

* * *

日落时分，当我站起来的时候，肩膀的疼痛难以忍受。这是自从"两脚兽"给我包扎后的第三个日落，当我第一次恢复意识时，我能闻到他们在我皮肤上的气味，我知道他们试图帮助我。我对他们的方法非常熟悉，其实我已经适应了其中比较温和的方法。但这次的伤口又深又恶心，似乎有了自己的生命。

虽然我不敢承认，但我感觉到这可能是结局的开始。如果不快点好起来，可能就没有多少个夜晚了。我看到了我最后几个小时的景象，而这荒凉贫瘠的地貌不在其中。不，我不会停下来，直到那景象在我面前展开。

第十四章

我注意到了一些有趣的事，是关于之前乘坐假兽来的"两脚兽"的。我认出了他们在前面的小路留下的气味，发现他们注意到了我的存在，但还是跟我保持着距离。他们还留下了甜草和蔬菜让我偶遇并食用，在我和"两脚兽"生活过的每个地方，食物都是这么来的。最后，我能感觉到一种耳朵深处的明显振动，但不是因为我老眼昏花，我发现这种振动是头顶云端的假鸟造成的。在过去的三天里，那假鸟几乎一直在那里。它在看着我，我现在才知道。

第十五章

纽约，1974 年

伊希永远不会忘记

许多年后,阿曼达想,几乎每个人的一生中都有这样一个时刻,你做出了一个决定,从此改变了一切。站在岔路前往左还是往右,面对欺凌时勇敢直言还是保持沉默,踏上这段职业之旅还是另谋出路,与爱人修成正果还是转身离去——这些决定及其影响只有随着时间的推移才能显现出来。你也没法回到过去改变什么。无论是好是坏,一段生命的历程从那一刻开始就已经设定好了。

阿曼达就经历了这样一个时刻。当遇到一个蓄着胡须、魅力十足的年轻人时,不到几分钟,阿曼达便觉得这会是她生命中第一段轰轰烈烈的爱情。阿曼达当时读大三,为这座城市所倾倒,她绽放出了一直沉睡在她身体里的美丽。她名列于院长荣誉名单之上,偶尔为《君子》①、《摇滚乐》②和《滚石》③杂志撰稿,写些小文章,

---

① 自1933年创刊迄今,一直是美国男性杂志领导品牌。
② 原文为Cream,疑似作者笔误,应为Creem。该杂志曾自称是"美国唯一的摇滚杂志",1969年创刊,1989年停刊。
③ 一本关于流行与音乐的美国杂志,自1967年创刊迄今,影响力巨大。

第十五章

希望毕业后能有更大的作为。

阿曼达遇见他的时候,他正在旁听一个很受欢迎的系列讲座,阿曼达后来发现他甚至不是哥伦比亚大学的学生,但这几乎让他变得更有意思了。阿里尔·莱文比她大五岁,是她第一个不同届的男朋友。他长得黝黑英俊,有犹太血统,不过远谈不上信教。

阿里尔也是她最成熟的恋人,为她打开了超乎她年龄的亲密体验。两人会在周末乘火车去北部旅行,在树林里、朋友家、群居团体里感受丰富而痛苦的云雨缠绵。他们还多次探索当时的致幻剂——迷幻蘑菇、邮票和仙人掌毒碱(这是阿曼达的最爱,因为不会产生恶心等副作用,也不会看到黑暗可怕的虫洞)。在这些"旅行"中的紧密结合使他们的亲密达到几近可怕的程度。

阿里尔一生的热爱也是她的热爱之一:阿里尔是一个近乎极端的动物爱好者。他的澳大利亚牧羊犬总是陪伴左右——无论他们走到哪里,麦麦都会耐心地等待,连狗链都不需要拴——阿里尔的哲学和她一样:他是一个素食主义者,从来不穿皮革之类动物皮毛制成的衣服,也避免圈养任何动物。他和阿曼达的不同之处在于,他是一个动物权益保护组织的成员,这个组织是他和几个志同道合的朋友共同创立的。这个组织以欧洲刚刚兴起的激进团体为基础,他们近乎以救世主自居。阿曼达很快也加入了他们，在第五大道①的商店外纠察（"你穿的貂死前在痛苦尖叫"），在动物园纠察（"你在支持当今最高戒备的监狱"），然后演变成在派克大街往女士的皮草上泼红漆，以及在时装秀上混进观众中，突然跳出来泼穿皮草的走秀模特。

这个组织的模式在后来启发了动物解放阵线②这样的极端组织，最终还影响了善待动物组织③这一更温和的商业化组织。但在1974年，没有任何模式可以借鉴，一切都是凭感觉的试误。动物保护将这对恋人联系在一起，让他们热切激昂地投入其中。阿曼达后来才意识到自己是追随者，而他是领导者。这个组织近乎邪教。阿曼达发誓自己再也不会像那样失去自我了，但这一教训是惨痛的。

仓库位于新泽西州特伦顿郊外一个脏乱的工业区，在一条路的尽头俯瞰着沼泽地。这个五人小组已经纠察了一个星期，两人一队，轮班十二小时，直到他们像时钟一样知道每时每刻该做什么。在仓库上班的"科学家"和光荣的技术人员朝九晚六，留下一个手无寸铁的警卫独自看管研究实验室及其居民：老鼠、猴子、猫和狗，这些动物被用来测试一家市值数十亿美元的化妆品公司所产商品的副

---

① 美国纽约市曼哈顿的高级购物街区。
② 国际性动物权利组织，也是美国最活跃的极端组织之一。
③ 成立于1980年，是全球最大的动物保护组织。

第十五章

作用。

阿里尔向阿曼达解释了"测试"的含义——强行控制动物，将溶剂喷入它们的眼睛，或者把香水的成分强行灌进它们的喉咙，以查看化学物质可能产生什么后果。他们会记录动物的尖叫、号叫、抖动和抽搐。还没给动物静脉注射致死剂量的药物让它们安乐死，人类就对其进行活体解剖。最终动物的尸体被火化。

对阿里尔而言，这是在折磨和谋杀有知觉的无辜生物，仅仅是为了满足人类的虚荣心。医学研究已经够糟糕的了，但人们至少可以说，这些动物是为寻找治病的方法而死去。化妆品实验室则让阿里尔怒火中烧，泪流满面，他真心觉得，所有参与其中的人都应处以同样漫长而痛苦的死亡。

计划是让阿曼达分散双玻璃前门的警卫注意力，而团队的其他成员则在后方的便门等候，那是一扇钢铁卷闸门，再走六十来米穿过几堵墙就到了。如果说凌晨两点时一个漂亮的年轻女性在工业区中间遇到车祸，警卫可能会起疑心，但就算警卫不开门让她进来，至少也会给她打个电话。无论哪种情况，团队的其他成员都会有足够的时间进去解救动物。以猴子为例，他们会把笼子存放在两辆面包车中的一辆里，驱车三天到路易斯安那州，在那里，卡津·萨米将把猴子放生到他以前常去的河口。萨米是一个高中辍学生，是组织实际上的执行者。

阿曼达让阿里尔保证，不管发生什么事，都不会使用暴力。她有时会因阿里尔强烈的情绪波动而感到焦虑，但她还不够成熟，看不清楚阿里尔对自己和其他成员的洗脑作用。

起初一切都是按计划进行的，但无论排练得有多好，任何计划都很难不出差错。天气很理想——浓雾从沼泽地滚滚而过，静静笼罩着园区。警卫是个矮小肥胖的斯拉夫人，五十多岁，在阿曼达的把戏面前一下子就上钩了。几秒钟后，警卫便带阿曼达去了前台，他拨了一个通宵加油站的电话，但那里没有机械师值班。因此，这个和蔼绅士、头脑简单又想调情的家伙让阿曼达允许自己看看她的车，警卫称自己懂一点机械维修，也许可以让车子动起来。

阿曼达把警卫带到雾中，知道根本没有车给他看，便假装完全迷路了，引着他离开大楼后方。突然，警卫转过身来，把手电筒照向机构，他好像听到了什么声音。有低沉的说话，还有动物的噪声，这他很确定。手电筒的光束从雾中反射回他们身上，警卫低声要求阿曼达待在原地，他要去调查。阿曼达惊慌失措，大声喊叫以提醒朋友们：

"请不要把我留在这里。我有点害怕。"

远方的说话声停了，但这时一声尖叫传了过来，无疑是只猴子。警卫转向阿曼达，她开始后退，警卫恍然大悟。

"你也有份？"他惊呼道，然后朝前台跑去。

第十五章

阿里尔和萨米在门口拦住了他。警卫伸手去拿手枪，然后意识到自己没有武器，于是哭了出来。

"请不要伤害我，我只是在这里工作！这些都跟我无关——"

萨米锁住他的头，把他的脸摁在水泥地上。阿里尔走近啐了一口："我以前在哪儿听过这句话来着？"接着，用一种戏谑的德国口音说："我只是服从命令！"

阿曼达来了，忧心忡忡地低头看着萨米把那人的手绑在背后，接着萨米把他拽了起来。

"你得等到我们完事儿，老爷子。"他说着，把警卫推进去，粗暴地让他坐在椅子上，然后把电话从墙上扯下来，用电话线把明显在颤抖的警卫绑在椅子上。警卫的鼻子在流血，前额与水泥地接触的地方有一点擦伤，但除此之外他看起来没什么事。

也许她不该同情这个警卫，但是当阿曼达陪着阿里尔和萨米走出门去解救动物时，她感到一阵内疚，因为她操纵和欺骗了这位收入微薄的好心人。她知道，一个铁石心肠的激进分子是不会这样良心不安的。她不适合这种生活。

但在下一个瞬间，这个想法已经太晚了。作为一个未确诊动脉粥样硬化的五十二岁男性患者，警卫的左前降支动脉突然完全堵塞，他痛苦地向前倾着身子，试图呼救，但紧咬着的下巴只能发出一声呻吟。一声尖锐的哀鸣淹没了他的耳朵，随后取而代之的是一声温暖而柔和的叹息，此时他的心脏已不再向大脑输送血液。几秒钟之内，他就失去了知觉，停止了脉搏。

小组完成工作离开时透过玻璃门粗略地看了看警卫，见他垂着头，以为他睡着了。两天后，他们团队里的杰弗里·索斯科特，他的信托基金是他们的主要资金来源，拿着一份《纽约邮报》走进了阿里尔在曼哈顿东村的公寓，一脸震惊。

新泽西州警方和联邦调查局正在追踪一群激进的动物保护主义者，这群人在新泽西州特伦顿的一个医学研究机构谋杀了一名警卫。达梅克·拉多万·佐诺在被捆绑和殴打后身亡，凶手闯入该机构的实验室并释放或偷走了其中所有动物。若有人提供凶手信息以将其逮捕和定罪，将获得五万美元的奖励。凶手为四名男子和一名女子，他们乘坐两辆福特E系列面包车离开现场。工业园的监控摄像头拍到了面包车进出，尽管车牌被嫌疑人遮住了，但警方相信可以在几天内将其拘留。

对于像阿曼达这样的人来说，这个消息带来的打击非常大，她头晕目眩，不得不坐下来，恐慌和痛苦的眼泪奔涌而出。这是她犯过的最愚蠢的错误，她的一生和未来都因此岌岌可危。

无论阿里尔的真实感受如何，他给人一种毫不担心的印象，他声称，这些小丑没有办法追踪他们，避避风头就行了。找个地方待着，直到热度降下去。他们一起惹的祸，也会一起脱身。萨米到达

第十五章

路易斯安那州后会留在原地，他们的接班人杰弗里准备开车前往他们家在缅因州的避暑别墅，理科生彼得将乘火车去旧金山和他的兄弟碰头，阿曼达和阿里尔则会和一些富有同情心的朋友住在卡茨基尔①的小屋里。阿里尔保证，这一切都会在几周内结束。

但阿曼达知道这事儿不会过去，她对阿里尔及其计划的看法也在迅速改变。在小屋里，阿曼达第一次开始看清他，并大为震惊。当这个案子出现在当地各频道的夜间新闻中时，阿曼达知道他们的时间不多了。警方声称已掌握嫌疑人的名字，但在缉拿归案之前，他们不会公布出来。阿里尔嗤之以鼻，但阿曼达知道警方并不是虚张声势。他们早晚都会被抓捕。

对于阿曼达而言，夜晚十分漫长，她这辈子从没做过这么多的梦，白天则是一个小时接一个小时缓慢移动，仿佛地球的重力增加了两倍。她和小狗麦麦在屋子附近的乔林里散步，一走就是好久，计划着逃离这场噩梦。时值十月下旬，秋叶迷人，她却几乎没注意到。

阿曼达已经想好了马上要做的事，但她还需要下决心来说服自己并付诸行动。次日，她提出要进城去买杂货。她说，自己足不出

---

① 美国纽约州的一处高原，自然风光绝美，且距离纽约市不远，是度假胜地。

户都要得幽闭烦躁症了。阿里尔咕哝着表示同意。虽然阿里尔不承认，但他自己也正在陷入抑郁。

阿曼达驱车五六千米来到镇上。在孤寂的加油站，她环顾四周，确保没有人跟踪自己，然后走进电话亭。通过一个朋友，阿曼达听说过纽约市有个律师曾在一些臭名昭著的案件中为激进分子辩护。那位律师接通了电话，阿曼达向他讲述了自己的故事。律师同意和阿曼达见面，不过阿曼达要先回到城里。他告诉阿曼达，有一个办法可以活下来，她要装作无事发生，直到她能离开小屋。不要说再见，也不要留下字条。悄悄离开。

那天晚上阿曼达与阿里尔亲热时，感受到了自他们最初几晚以来前所未有的温柔。事后他们躺在那里时，阿里尔发现她在哭泣，便紧紧抱住她，低声说一切都会好起来的。这时，阿曼达哭得更厉害了。

次日下午，阿曼达跟平日一样在森林里散步，这次没有带上麦麦，她一路走到了镇上。在那里，她搭车离开了卡茨基尔山区，当晚在一个公园里过夜。到了早上，她又搭车进城。

阿曼达与律师在市中心的一家咖啡馆见面，阿曼达觉得他简直

第十五章

是托尔金①小说中的人物。他身高仅有一米五几，留着狂野的银发和胡须，穿着斗篷，走路挂着一根花哨的手杖。梅耶·古德曼与她见过的任何男人都不一样，但这个人明显的才华和狂热的精力让她感到安心。

他已经与地区检察官办公室取得了联系，后者提出了一项初步协议：如果阿曼达所言为真，并带他们找到主犯，将有很大的机会免于入狱。她必须为所发生的一切作证，然后必须离开这个国家。作为交换，对阿曼达的所有指控将被撤销，但她将被驱逐出境，悄悄地，而且是永久地。

见完面后，阿曼达走在曼哈顿的街道上，心痛不已。她不仅要背叛恋人，而且再也没有机会走过这些脉动的、气派的宽阔街道，她如此深爱的街道。噢，看看我们的决定会带来怎样翻天覆地的变化，她懊悔地想。

阿曼达回到了他们在东村的四楼公寓，坐在暗淡的灯光下，最后终于鼓起勇气给阿里尔打电话。阿曼达向极度恼怒的阿里尔坦白，自己在沮丧、困惑和恐惧中逃离了小屋，现在已经回到了城里，她十分后悔。阿曼达同意这是一个危险又愚蠢的举动，希望他能再给

---

① 英国作家、诗人、语言学家，他创作的小说被改编成《指环王》《魔戒》等电影。

自己一次机会。他能接受自己回来吗？也许他愿意回到东村来？没有人在监视他们的公寓，一切似乎都很正常……？

第二天早上，在古德曼办公室与她见面的联邦调查局特工似乎很有同情心，或者至少表面上如此。对警卫的初步尸检验证了阿曼达告诉古德曼的话，此人没有受到殴打或恶劣对待，死因可能是中风或心脏病发作，但这仍将导致二级谋杀的指控。

根据阿曼达画的地图，警方布好了缉拿阿里尔的最佳地点，在那里可以使用最少的武力，也最不易逃跑。他们告诉阿曼达，她很可能是在救阿里尔的命，因为他没有武器，而且是在户外，在任何其他情况下，这都是不可能的。

阿曼达同意了这个计划，在检察官的提议上签了字，然后被一个小型车队送回卡茨基尔。在镇外五千米处，她被安置在一辆大众面包车上，司机是一名女特工，看起来像是刚从伍德斯托克[①]来的。这名特工将阿曼达放在加油站，然后将车开走了。

阿曼达在同一个电话亭打了电话，一个小时后，小屋的主人来接她，那是一对三十出头的夫妇。他们到达加油站时，似乎在观察附近的每辆车和每张脸。阿曼达坐进夫妇那辆吱吱作响的老式沃尔沃，他们远没她离开前那么和蔼可亲。三人回到小屋时，从阿曼达

---

① 位于美国纽约州南部。

第十五章

下车到进屋,那对夫妇一言不发。阿曼达意识到他们之前不过是装出友好的样子,他们现在露出真面目了。阿曼达祈祷阿里尔不是这样,希望他仍然站在自己一边。

阿里尔一见到她就很冷漠,但到了晚餐时,他又恢复了以往的自信。四个人一起抽大麻,吃了一顿尴尬的饭。虽然房主的态度让阿曼达感到不安,但这也给了她一个绝佳的借口来找阿里尔一起散步。阿曼达想和他单独谈谈。

两人在太阳落山时出门,麦麦在高山草甸上一路蹦蹦跳跳前往森林。阿曼达的心怦怦直跳,她几乎要打退堂鼓了,但随后她看到第一个身影从树丛中走出来,已经太迟了。麦麦开始凶猛地吠叫,接着更多的身影从他们身后和两边出现。当阿里尔意识到发生了什么时,他呻吟了一声,先前自信的样子消失了。那群人拔出枪来,大喊"趴下",然后麦麦就在他的主人身边,试图保护他。

"不要伤害这只狗!请不要伤害这只狗!"阿里尔喊道,然后一条厚厚的毯子被扔到了麦麦身上,两名特工把它压在了毯子下面,阿曼达让他们保证带走麦麦的时候不能使用暴力。

阿曼达和阿里尔都被戴上了手铐,并宣读了他们的权利,然后车辆穿过草甸向他们驶来。两人各自被送进了单独的车,当车门关闭时,阿里尔看向她的眼神里竟然是深深的懊悔。

过了几天,阿里尔才意识到阿曼达早就放弃了自己。等待审判期间，他在监狱里几度试图联系阿曼达，但阿曼达无法回应。五个月后，在法庭外熙熙攘攘的走廊上，阿曼达在内疚和悔恨的夹击中几乎晕倒。她悄声告诉古德曼，自己做不到。

古德曼把她带进一个侧室，里面有一位检察官，格蕾塔·冯·海灵。先前阿曼达与她对证词时见过面。三人在会议桌前坐下后，古德曼用平静但有力的语气说道：

"阿曼达，这会是一个非常高尚的举动，但如果现在退缩，你的人生就毁了。这位冯·海灵女士将不得不对你提出指控，你将在监狱中至少待上五年——出狱后，你将被驱逐出境。这就是你真正想要的吗？"

阿曼达啜泣着。冯·海灵女士过来握住她的手说道：

"哈瑟维小姐，我不想看到你为这个家伙丢掉你的人生。是莱文先生精心策划了整件事，你只是一个不知情的受害者。即使你反悔不去作证，他也会进监狱。请不要让他毁了你。"

几分钟后，他们把阿曼达送进审判室让她出庭作证。阿里尔和他的公设辩护人坐在一起，恶狠狠地盯着阿曼达，但阿曼达从不看他的眼睛，即使被要求指认他的时候也没有。阿曼达在作证后立即离开，第二天就坐上了飞往伦敦的飞机。

第十六章

肯尼亚等地，1974 至 1977 年

那年圣诞节,卡莫从内罗毕回到家。只要他想,毕业后找到几个私人兽医的岗位不成问题,或者在野生动植物管理局就业。由于他想与野生动物打交道,也想在新政府中工作,所以他会选择哪条路是毫无疑问的,即使这条路挣得更少。

卡莫生平第一次陷入了爱河。那是一个聪明文静的基库尤女孩,卡莫略施小计,让她成了自己大三生物课的学习搭档。她是卡莫所见过的最漂亮的女孩——神魂颠倒说的就是这种状态,不过玛可娜确实是他们班上最受欢迎的女孩。两人最终订婚了。玛可娜的父母起初难以接受,他们比卡莫的父母更有教养,也更西化。但他们最终还是同意了,因为女儿显然遇到了幸福和真爱,也因为卡莫这个恭敬有礼、聪明善良的男孩必定前程似锦。

卡莫回村看完父母后回索尔兹伯里的第一个晚上,吉恩和罗素准备了一顿丰盛的晚餐,并小心翼翼地透露了伊希失踪的消息。一年多来,没有人见过他,吉恩和罗素担心他可能已经被杀了,伊希对人类十分友好,这可能是导致他遇害的原因。有人在安博塞利发现了收养他的象群,但伊希不在其中。这本身就令人震惊,但更糟

第十六章

糕的是，在肯尼亚和坦噶尼喀①还有近十个白人导猎认识伊希，而他们也没有发现其踪影。

听到这个消息，卡莫心痛不已，他们之间联系之紧密可以与他最亲密的人类关系相提并论。在回到大学之前，卡莫还有两个星期的时间，他将尽可能利用这段时间来寻找他亲爱的朋友——或者至少找到他的遗体。

罗素征用了洛德斯坦利公司的一架丛林飞机和一名飞行员，带着卡莫搜寻半径大约二百五十千米范围内的象群。卡格韦作为追踪者和保护他的人也一同前往。一旦找到一个象群，他们就会低空俯冲，如果里面有哪头大象可能是伊希，他们就会在附近的某个地方降落，然后徒步走回象群中去。这将是一个漫长而艰辛的过程，但卡莫是一个在大自然的节奏中长大的基库尤人，他曾日日夜夜与伊希的象群睡在一起，这不算什么。这是他欠伊希的。

***

就像卡莫梦想成为国家未来的一部分，吉钦加也有攀登阶梯的梦想，但与卡莫的略有不同。吉钦加在沃伊镇难以兼顾盗猎与政府职务，于是就来到了内罗毕。收债对吉钦加来说很容易——他是该

---

① 东非国家坦桑尼亚的一部分。

地区最有效的收债人,这无疑是由于他那具有"说服力"的方式——但他知道恐吓无赖是没有前途的,他还想要更多东西。比更多还要多。

在肯雅塔政权下,如同在大多数后殖民时代的非洲国家一样,腐败是普遍存在的。做事按部就班只会让晋升生涯变成缓慢的渐进式,还要受到腐败、严苛的领导的任意摆布。吉钦加知道他天生就是当领导的,展望未来,他看到自己在政府的上层大厅,周围甚至有肯雅塔家族的人。总有人会挤进那个小圈子里。为什么不能是他呢?

为此,吉钦加想出了一个冷酷无情的绝妙计划,想要在官场上少受几年的苦。吉钦加在沃伊镇的成功为他赢得了内罗毕收账部门的一份要职,不到几个月内,他便受邀参加各种会议和聚会,接触到了高官和其他像他一样的年轻人——狡猾、无情、愿意走任何捷径。

吉钦加的顶头上司对他很警惕。机构中有传言称,吉钦加在沃伊镇这么有效,是因为他在伤人时毫无顾忌,而在他职责内少数未收回的账的债务人最后都不知为何离开了该地区。相当惊人的记录。但最后,这位上司没有理由害怕吉钦加,因为吉钦加把目光放在了更大的猎物上。

在一个周末的研讨会上,吉钦加遇到了收账部门的主管,并以

第十六章

恰如其分的奉承和自信来讨好他。姆万吉·卡兰加和他的小娇妻麦娜似乎对吉钦加的热情态度印象深刻,甚至有点不自在——吉钦加的笑声和皱眉一样夸张——但夫妻俩似乎很喜欢他,两个十几岁的孩子也是如此。像许多反社会的人一样,吉钦加在需要时十分善于模仿出真情实感,而在这场生命中最重要的表演中,他用上了这种天赋。

卡兰加是从殖民时代留到现在的官员,在肯尼亚获得独立时被提拔为部门的一把手。他是从旧政权的礼节和耐性中培养出来的,因此不像政府的新成员那样有野心,也没那么谨慎周到。卡兰加对吉钦加的领导才干印象深刻,于是把他安排在自己办公室楼下,并很快把管理所有外勤人员这一令人羡慕的工作交给他。

卡兰加夫妇终于开始邀请吉钦加在周末到家里吃饭,后来还把他邀到了蒙巴萨的住处,他们在那里有一艘九米长的海钓艇,卡兰加以此纪念自己年轻时当渔民的日子。在那里,卡兰加夫妇听到了吉钦加讲述自己成为鳏夫的悲惨故事——他的妻子和孩子几年前在窄谷镇的一场车祸中丧生。夫妇俩被他的同情心和显露于表的痛苦所感动。

不到几个月,卡兰加便让他在自己退休后接手自己的职位,大约还有五年时间。但更有效的是,麦娜已经开始对这个阳刚燥热的同龄男人产生了感情。比如有几次在海钓艇上,他们在甲板下狭小的船舱里擦身而过,瞬间就来电了。很快,他们开始了激情的亲吻,手在彼此的身体上游走,但每次吉钦加都假意低声说他们不能这么做,他们都太爱卡兰加了。

几周后,卡兰加在下班回家的路上失踪了,再也没有人见过他。几个月后,卡兰加的车在一片沼泽地里被发现,但没有任何线索说明发生了什么。没有已知的仇敌,没有挣扎的痕迹,没有尸体,没有血迹,没有字条,案件没有任何进展。

麦娜悲痛欲绝,也许还有些内疚,因为自己背叛了丈夫,和他的手下偷情。卡兰加的两个孩子也大受打击,但随着时间的推移,他们不得不回到大学生活中,这时卡兰加的家里出现了一个新的吊唁者。吉钦加在麦娜需要的时候出现了,哀悼了一会儿之后,他们终于开始尽情偷欢,其激烈程度能让卡兰加气得活过来。

最后,吉钦加接替了卡兰加的职位,成为收账部门的主管。他和麦娜在海上举行了一场私人婚礼,之后,这对新婚夫妇卖掉了海钓艇。它承载了太多的回忆。

* * *

当我回顾与大黑和他的单身族群同行的那段时间,我可以骗自己说那个时期并没有那么困难。以我现在的状态,我很乐意再来一遍。当时,我不知道自己有一天会多么想念那段日子。

第十六章

我过了好一阵子才终于放弃了寻找蔚蓝妈妈的想法。跟在痴呆头领的臭屁股后面,我也适应了新象群的习惯和等级。每一天都让我离原先的世界越来越远,带我进入了从来不知道的土地。我看到了以前从未见过的生物,还有一望无际的水域、森林和山脉。甚至草和树对我来说也是新的。

在新土地上漫游的感觉很自由,但我总是有一种负担:我很念旧,我的情感与生我养我的地方紧密相连,而这些地方之间的距离从来没有超过几天的路程。现在我就像一个新生儿,但没有母亲的指引。我什么都得依靠新朋友们。随着时间的推移,虽然我们的纽带不能与母亲的爱和教导相提并论,却也变得相当强大。

我一天天变得更加庞大和强壮,所以很少有其他青春期公象来挑战我。但当这种事情真的发生时——有一头叫大隆的公象一开始就看我不顺眼——我总是能毫不示弱地反击。大黑鼓励这些对抗,但不允许有任何刺伤,这会导致不必要的死亡。大黑威胁称会追杀任何越过这条界限的公象。

最后,大黑也许很疯癫,但他有一辈子的故事,而且统治象群时总是很公平。直到他去世,我才意识到大黑在我心中多么重要,以及他给族群带来了多少智慧。一种看不见的疾病啃食了他的内脏,从而导致了他的去世,那一刻我成为一头完全成熟的公象。从那时起,我可以独立生存,但我希望永远不必如此。

我们躺在我们所见过的最宏伟的峡谷边上。一条宽阔的河流掠过悬崖，冲向远处下方的岩石，发出震耳欲聋的吼声，雾气携着斑斓色彩起舞，仿佛刚下过雨。大黑一直计划在这个地方结束生命，这是他出生的地方。现在我们将看着他度过最后的时刻。我们为他带来了草料和软树皮，但他甚至不能进食以保持体力。

他躺在那里，眼睛盯着某个只有他能看到的地方，此时我们都诉说了自己的不舍。我们站在一旁守护，看着他咽下最后一口气，然后用新鲜的树枝盖在他身上便悄悄结队离开了。在那天剩下的时间里，没有大象说话，因为我们都知道，如果不是大黑，我们不会待在一起。

第二天早上，大隆毫无征兆地冲向我。小溪流发出了警报，我及时转身。我们斗了整整一天，但没了大黑的规则后，大隆很想用獠牙来试图刺伤我。我很快意识到，这是一场争夺族群继承权的战斗，虽然我随时都可以转身逃跑，但我内心深处的某些东西使我不会放弃。其他公象注视着这场战斗，不过无意插手。我和大隆相互野蛮地击打对方，颤抖战栗着，有时还会倒下。

到了晚上，我俩都筋疲力尽，浑身酸痛，决定次日再战。象群将我俩分开，以确保没有不公平的事情发生。从大隆的呼吸和后腿的跛行中，我可以看出他受伤了，但我不知道有多严重。到了早上，我知道了严重性。他几乎无法站立，并宣布退出战斗，那语气十分

第十六章

痛苦但又足够懊悔。我赢了。如同我在多个季节前目睹过母亲和暴风的争斗一样，那天早上象群分开了，四头公象跟我走，三头跟他走。

我们互相告别，心里知道未来可能会在某个时候相遇，然后我带领我的小族群回到我们来的路上。我还没有准备好在年轻的时候成为一个领导者，但我的强壮和聪明不输任何大象，所以这个职责落在了我身上。我让伙伴们分担领导象群的任务，我不需要也不想被单独挑出来，他们都很乐意地答应了。如果我们之间有分歧，或者需要一个单独的声音，我会发挥起作用。

这产生了意想不到的结果，把我们变成一个紧密相连的族群，我们行进的速度很快，也没有大象发狂。当我们遇到其他象群时，我是公认的领头象，如果周围没有年长的离群公象，我可以选择最合适的发情期母象。这是我成年后的一个新阶段，母象们开始邀请我骑在她们身上。这真是令人兴奋。在后来的几年，我很自豪地发现有几头象崽是我的后代。我播下的种子会世代相传。

我们及时赶回了各大象群的年度聚会，这是一个雨季的活动，许多远处的族群都会过来。母系社会的严格规则被暂时放宽，各个族群都欢迎公象回到出生的地方来共叙旧情，并与雌性表亲和朋友建立新的"关系"。

我的单身族群暂时解散了，各自可以拜访原先的象群。大象的族群分布在雪山下的大平原上，那座雪山是我们所以为的世界中心。

我们族群同意聚会结束后再见面并继续同行。时间到了，我就会发出消息。

我走在无数的象群中，看着面孔，闻着气味，寻找蔚蓝妈妈和收留我的姨母朋友们的迹象。希望他们在大火之后重聚在一起，当他们发现我还活着并长大成年时，我将看到他们眼中的喜悦。

有一次，一头性感的母象跑到我身边，试图让我兴奋。突然，一头巨大的公象出现在眼前，脸上流着液体，把我推到一边。他那出鞘的生殖器在两腿之间摇晃着，那头小母象又开始跑了起来。她不可能长时间躲开这头公象的求爱。

在我重新站起来继续前行后，我听到附近某个地方传来熟悉的声音，心咯噔一下。我抬头一看，认出了那双奔拉着的、泪汪汪的眼睛，于是大声吼叫起来。那是忧目，我在大猫事件中的老伙伴！接着，一个圆圆的大脑袋从附近的小河里抬起来。是蔚蓝妈妈！还有几个族群里的老伙伴和一些新来的。我跑向他们，其余的老姨母和朋友们都围到我身边，嗅着我的每一寸皮肤，我也嗅着他们。我高兴得恍惚起来，我们就这样待了一段时间，直到我问——

"其他大象在哪儿？歪嘴、微足、小尾……？"

蔚蓝妈妈难过地叹了一口气答道："我们再也没见过他们了，亲爱的伊希。我们本想在这儿遇见他们，但恐怕他们已经在大火中身亡了，我们还以为你也是。要么他们就是被赶去了远方的土地，

第十六章

没法回到我们身边。"

我和原先的象群一起待了几天,蔚蓝妈妈和其他成员待我亲切友好,这让我意识到,要不是大火把我们分开,我还能和他们多待几个季节。我悲伤地心痛起来,但并不后悔。我选择了与大黑的族群同行,我永远不会后悔。世事难料,现在我是一头成年公象了,不再需要母象们的救济。我再也回不去了。

聚会结束后,我的两个兄弟和另一头公象决定加入我的小型单身象群,我们沿着两季前与大黑走过的路线返回。当我们偶然来到第一次相遇的那片被烧毁的土地时——这里现在被茂盛的草和焦木上的新芽所覆盖——我意识到我们离家越来越近了。我有点焦虑,不知如何在老地盘上担任族群领导者的新角色。

我想起了第二条最重要的生命法则,但我本应更加留意:当事情进展顺利时,拥抱这段时光吧,因为好日子从来不会持续太久。一股黑风总是在地平线尽头等待着,随时都可能在平原上疾驰而来。

我们正在高高的灌木丛中的小树林里进食,似乎不会有其他生物看见。这时,砰砰杆的回响打破了寂静。我转过身来,看到小溪流脸部肌肉抽搐着,一阵尘烟从他的头上扬起,他重重地摔在地上。我吓了一跳,然后大喊着让其他大象快跑。下一个瞬间,又响起了砰砰杆发出的声音,一头新加入我们的公象倒下了。我看不到那"两脚兽"的位置——我们听不出他们在哪儿,也闻不到他们的气味——

但我必须立即选择一条逃跑路线，希望这条路能躲开他们。其他大象跟着我冲进了小树林，直到我们在远处山丘下的一片林中空地上喘息着，这才停下了脚步。

我被悲痛压倒了。我失去了一位亲爱的朋友，也让我的族群失望了。看到我这么难过，我的兄弟们靠近我，安慰我说那种情况下谁都无能为力。"两脚兽"的残忍是大家在平原上面临的常态，我们只能接受这是生活的一部分。但我心痛不已，我爱小溪流和他的暖心举止，我将在许多季节里为他哀悼。他也是我与原生族群最后的联系，如今除了记忆，我再无其他。

* * *

科林·伍德利，一个留着胡子、抽着烟斗的五十八岁白人导猎，通过望远镜看着年轻的公象们为两个死去的同伴哀悼。单身象群的头领很年轻，似乎比其他四头大象更难接受同伴的死亡。他想，如果这些年轻的公象能活下来，几年后其象牙都会成为值得收藏的战利品。但目前只有领头象的值得取走。

不过老伍德利并不是为了象牙而在那里观察的。那天清晨，他和观测员从路虎车里走出来设置了一个隐蔽的观察点，他们的客户想把一只豹子收入囊中。他们无意中看到了这个悲惨的场景。伍德利感觉这头年轻公象有些眼熟，但怎么也想不起来。他完全记得安

第十六章

博塞利的每一头大象,但这头来自附近的某个公园,这点他非常肯定。对的,是察沃。他的左耳上有一道裂口,大象的耳朵上总是有一些生活苦难的标识物。

有什么东西唤醒了伍德利的记忆,他仔细观察了大象的额头。果然没错:象鼻上方有道疤痕,虽然很模糊,但对训练过的人来说是看得出来的。这是他的老朋友罗素和吉恩收养的第一头孤儿小象,人们都以为大象在两三年前就去世了。伍德利心想,这将是一个大惊喜。

罗素当晚到了那里,发现伊希仍然在朋友们的死亡现场,不让鬣狗和秃鹰靠近,只要他们一有动静,便会冲上前去。伊希心事重重,没有听到或嗅出路虎车的到来。罗素走到空地上,让伊希看到自己,然后叫了他一声。时隔近三年,罗素不确定伊希是否能认出自己。其他公象聚集在他们的头领身边,似乎在犹豫是否要向前冲。

伊希向他们咕哝了几句,然后走到老朋友面前。罗素欣喜地笑了,即使他知道伊希的情绪很低落。罗素轻拍着伊希的头并低声安慰,伊希也用象鼻抚摸着他全身,这时罗素思忖着必须要做点什么。伊希的两个伙伴因为象牙被射杀,而伊希能逃过一劫显然只是运气好。在过去的几年里,盗猎已经到了猖獗的程度,他知道伊希在这里不会活太久。

在与老朋友待了几分钟后,罗素说了声再见,回到了路虎车上。

他意识到，他将要做的事如果被发现，最亲近的几个人会不高兴，所以他要伍德利发誓会保密：伊希已三年不见踪影，大家都以为他死了，以后也是如此。

第十七章

英格兰等地，1977 至 1982 年

在甲板下，发动机嗡嗡地震动着，随着这艘老货船在海浪中起伏而改变音调。整个钢制船身都在嘎吱作响。

对于被关在船尾铁笼里的大象来说，这个世界简直太奇怪了。哪怕在伊希最疯狂的想象中，像这样的事情也从未发生过。这就像一个噩梦，他只能把目光投向一个小舷窗，尽力在翻滚的船上保持平衡。他已经撞到笼壁上好几次了，鲜血直流。

旅程是在淡淡的云层下开始的，在最初的几个小时里，海面相对平静。接着，雷电交加宣布着黑暗降临和暴风雨袭来。虽说大象习惯了风吹雨打，但也只是在坚实的地面上行走。伊希绝望地号叫着，但他的饲养员，也就是陪他乘坐大型假兽在陆地上长途跋涉的"两脚兽"，却不知所踪。

最让人困惑的是，他怎么就落到这个地步了。他本来和公象同伴们在河边的泥地里打滚，当时他闻到了什么气味，然后认出了他的老"两脚兽父亲"。伊希几天前还见过他，大步走过去打招呼。这个"两脚兽"有一群朋友在远处的假兽里等着，他们的眼神和语气有些不对劲，伊希能感觉到这一点。突然间，伊希感到自己的皮

第十七章

一阵刺痛。他转身想看看那是什么,但刺痛的地方在后腿的盲区。他注意到,他的"两脚兽"朋友现在站得离他有点远,而且举止明显有些不同。

然后,一股温暖和黑暗将伊希包围,他感到头晕目眩,不得不跪在地上。几分钟后,他滚着侧倒在地,记忆停止在"两脚兽"朋友靠近他的头,以那种奇妙的方式抚摸他的脸,这总是让他感觉很美好。伊希的朋友在低声说着他听不懂的话,但不管怎么说,这些话更多是为了"两脚兽"的利益。

"我非常抱歉,老朋友……但我们真的没有选择。"然后罗素示意等待中的同伴们把假兽开过来。

"他们会好好对待你的,我保证。我还会去看你……"

伊希的眼睛往上一翻,他感到自己掉进了一条望不穿的黑暗隧道,但当他伸出双腿想停止坠落时,什么也没有发生。

伊希不知道这次海洋旅行将持续多长时间。下半辈子都要这么度过吗?他不解。如果是这样,如果与自己的世界分离是如此痛苦,他将不得不考虑饿死自己来结束一切。那个把他从非洲中部的丛林中赶到海岸的"两脚兽",现在每天来看望他两次,给他留下食物、帮他洗澡,清理笼子。这个家伙并非善类。这是一个浅色皮肤的"两脚兽",明明轻声说话就能解决问题,他非要用一根讨厌的长杆子来达到目的。

一天晚上，伊希在完全没有任何准备的情况下有了一次超凡的经历。在发动机的轰鸣声中，他听到了一声长长的、高音的呼唤，莫名其妙向他传达了一生难得的信息。这不是他的语言，但同时也是。伊希很快意识到，有另一个生物在水中某处经过。随后，第二个、第三个生物作出了回应，答复第一声呼唤。

伊希尽可能地靠近打开的舷窗，但他只能看到地平线上的一小片。不过他还是向外张望，希望能瞥见其中一个。接着，他真的看到了，并大为震撼。其中一只浮出水面一会儿，在月光下射出嘶嘶的水雾。然后它又悄悄回到了水中，消失不见了。歌声再次响起，大象被吸引住了。他突然用自己的语言说了一些话，但他知道这些话不可能穿过这监狱的墙壁。正如他所猜测的那样，没有任何回应。

伊希意识到，这些生物和他一样大。甚至更大。但它们的世界就是这广阔的水域，在那里，他们肯定像大象同类在陆地上一样称霸。这个夜晚再次给了他希望，他知道外面有一些朋友，也许有一天会见面的。这样的想法让他活了下去，让他继续前进，这趟海洋旅行也变得可以忍受了。

船在黑蒙蒙的夜晚细雨中停靠在利物浦港，一辆巨大的吊车将大象的笼子吊了起来，移出了货舱。伊希看到了梅西河以及下面熙熙攘攘的码头，紧张得胃都翻腾起来。工业化世界的刺眼灯光、气味和嘈杂袭击着他的感官。他的笼子被降到一辆半挂车上，被吵闹

第十七章

且没礼貌的"两脚兽"固定住,他们让伊希想起了家乡的一些树上居民。然后,卡车颠簸着向前驶去。

三个小时后,卡车回到一个装卸平台上,伊希受到了新主人们的接待。在最初的这几分钟里,他们对伊希的关爱比最后几个星期里加起来的还要多。伊希的笼子门升了起来,在安抚的嗓音和温柔的戳碰下,他被引导着走下斜坡,穿过一扇宽大的门进入旧砖砌的外屋。伊希刚进去,身后的门就关上了,对面的门打开了。

伊希在那里站了一会儿,想要重新确定自己的方位。在狭窄的笼子里困了这么久,一点多余空间都是意想不到的惊喜。他观察周围的环境时,嗅到了泥土地上其他大象的气味,但却看不到他们的身影。水槽和成堆的蔬菜在等着伊希,但他还没有准备好开吃。他冒险走出门,在迷蒙的雨中四处张望。这里的布局让他想起了与"两脚兽"家人在一起的最初几年,一片宽阔的土地,几株荒芜的树木和一个水坑。土地边缘是四五米高的混凝土,十分陡峭,用来防止逃跑。这"城壕"之外一片漆黑,但伊希能感觉到有看不见的动物在观察自己。

他得等到早上才能确定,但如果这是他的新家,也将是一个冷冰冰的家。

伊希永远不会忘记

***

向南两百来千米处,在伯明翰一个拥挤、动感十足的舞厅里,二十二岁的特伦斯和他的乐队成员坐在后台,刚为英国著名朋克乐队"透视器"开场完。特伦斯成了零乐队的贝斯手和伴唱,这是他的一个朋友创办的朋克乐队。一年前,他发现新潮的朋克就是为异类量身定做的,也不需要特别复杂的音乐技巧。于是他自学了贝斯,打扮也吸收了朋克的精髓:尖钉般的短发,紧身牛仔裤,T恤外面套着皮夹克,笑容带着讥讽。他不像乐队的核心成员那样是愤世嫉俗的捣乱分子,但从外表上看,他完美融入其中。经历了多年的开局不利后,特伦斯的人生终于有了起色,这是他一生中最美好的日子:一家小型独立唱片公司刚刚签下了他们。虽然只拿到了五百英镑,但这看起来像是一百万。

他最近的恋人是克里斯托弗·莱奇,一个事业有成的三十四岁杂志摄影师。克里斯托弗似乎是真心喜欢特伦斯,也得到了他。然而,爱情或友情从来没有真正满足过特伦斯内心深处的渴望,他心里有个巨大的空洞,再多的酒精、大麻或致幻剂都无法填补。和那一代的许多人一样,这是多种因素综合作用的结果:父母无意犯下的过错,青春期时同龄人的霸凌,那与生俱来的喜好,以及对成瘾物质的遗传倾向。从地下丝绒乐队到滚石乐队,艺术家们让海洛因

第十七章

摆脱了二十世纪五十年代的污名，这种药物也再次流行起来，特伦斯没多久就壮起胆子进行了尝试。第一次接触海洛因使他目瞪口呆，这是他从未体验过的快感，填补了他的空虚。接着是一次又一次的尝试。特伦斯把它当作久违的朋友一样热烈欢迎。

但海洛因不是朋友，它总是会消失不见，然后把特伦斯送回他试图逃离的世界。那天晚上在音乐会后的派对上，特伦斯感到没劲儿——也许狂躁更准确——结果用药过量了。克里斯托弗和两名乐队成员赶紧把他送到当地医院，在那里担惊受怕地等了一个小时后，特伦斯终于醒过来了。

如果这是一个叫醒他的警钟，也并没有持续多久。先是医生的警告，再是朋友的劝告，几个星期就成了老生常谈，特伦斯又开始偷偷碰毒品，以为自己现在知道怎么处理了。出问题只是早晚的事，可悲，却又可以预见。

他的姐姐从美国回来后，出现在了他生命中的最后几个月里。阿曼达发现弟弟在做什么时，变得比他的朋友们更惊慌。接下来，他的母亲也来了，把他带到了伦敦郊外的一家戒毒所接受美沙酮[①]治疗。吉恩在路边租了一间小屋，每天去看他，陪他参加治疗课程，时而恳求，时而劝诱，让他必须戒掉。但是，在有成瘾基因的儿子

---

① 常用于戒除海洛因毒瘾。

身上，一个急切又慈爱的母亲根本不是海洛因这种毒品的对手。从戒毒所出来后，特伦斯在机场为吉恩送行，而在回公寓的路上，他从街上的熟人那里买了一些海洛因。特伦斯避开室友，锁上门，爬上床，想要畅快地享用一顿。悲哀的是，在黑暗的走廊尽头，没有白色的灯光等着迎接他，也没有最后的回忆或美梦来点缀他最后的几秒钟，只有无尽的黑暗。他的心脏突然停止向大脑输送血液。如同插头从插座上拔了出来。

第二天早上，阿曼达来到了特伦斯的公寓，像往常一样准备带他去吃周日早餐。没有人回应——特伦斯的室友都出去了——她便说服公寓管理员让自己进去。他们在卧室发现了他，注射器还在他的手臂上，脸上带着淡淡的微笑。阿曼达跪倒在床边，然后开始拍打特伦斯的脸，捶打他的胸口。管理员冲下楼去叫救护车，但没有医生或医院能把特伦斯救回来。

新闻报道称，由于一批几乎未切割的棕色海洛因，那个周末发生了几起吸毒过量致死事件。特伦斯一次性抽中了下下签。

他们的母亲第二天就回到了索尔兹伯里。给母亲打的这个电话是阿曼达一生中最艰难的一次。到那时，她的情绪经历了歇斯底里到愤怒恼火，再到心被掏空，她的第一句话听起来就像是从一个陌生人的嘴里说出来的。

"抱歉，您是谁？"在阿曼达说不下去的时候吉恩问道，"阿

第十七章

曼达,是你吗?"

"妈妈……对不起,我有一个……最坏的消息。"

"怎么了?"吉恩还能问下去,但她已经知道女儿要说什么了。

"是特伦斯,对吗?他做什么了?"

阿曼达又哭了,无须多言了。吉恩尖叫着、啜泣着,直到罗素从孤儿院的院子里跑了过来。

"怎么了?怎么了?"罗素问道,但他已经从妻子的悲伤中猜到了。他摸索着跌跌撞撞地走出屋,跪倒在地,多年来第一次流泪。

悲痛使吉恩陷入了暂时的精神失常,这是她的丈夫和女儿都体会不到的。她因为没把儿子教好而感到愧疚,再加上丧子之痛,她崩溃了。在内罗毕机场,她与罗素和卡莫一起见到了灵柩和阿曼达。把特伦斯葬在索尔兹伯里的山上之后,吉恩全身心投入到第二个家庭中,照顾她的动物孤儿们。

尽管夫妻俩同床共枕,罗素知道他已经失去了吉恩。他们最终走向离婚还有其他原因,但他们都知道,特伦斯的去世才是最致命的打击。

* * *

根据阿曼达的律师与美国司法部达成的协议,她被驱逐出境的这件事一直是个秘密,甚至连英国政府也不知道此事,她就再没提起过。埋葬了弟弟后,她回到了英国,麻木地参加了几周的聚会,最后得到了找工作的必要资金。经历了这一切,她并不在乎自己是否会被拒绝,而在此时此地,她这种态度创造了奇迹。阿曼达把先前在《君子》和《滚石》的职位增值成了《每日邮报》①的兼职工作。《每日邮报》的编辑们正在寻找能让他们接触到《现场》栏目的年轻记者,而她正在路上。

很快,阿曼达就因采访摇滚和影视明星而出名,在娱乐圈待了一年后,她写了一个严肃的故事,很像她在中学写的那些揭发丑闻的文章。等到头版编辑的秘书晚上回家后,她把故事放在编辑的桌子上。编辑对她印象深刻,叫她来面试。仅仅五分钟,阿曼达就展现出智慧和激情,于是编辑给了她一张办公桌。尽管年长的男性专职作家不太乐意一个漂亮的红发小妞加入他们组,但阿曼达还是成了一名全职的调查记者。

要是她在挑男人这件事上也那么成功,就有很大的机会获得幸福了。但她总是挑强壮阳刚的男人——她父亲那种——他们能征服自己。虽然总是有强烈的激情,但阿曼达允许自己在他们身旁黯然失色,也从未真正在他们面前正视自己的感受,这两点导致关系的根基慢慢腐烂,并不可避免地造成关系的崩溃。

---

① 英国每日发行的老牌报刊。

第十七章

她选择的丈夫在一开始看来似乎是良配。三十二岁的吉尔菲·沃灵并不是她往常喜欢的英俊的大男子主义者，他面色苍白，说话轻声细语，是一个来自伦敦的商业总监，他的聪明便是其魅力所在。阿曼达二十八岁时跟他结婚了，并在三十岁时生下了一对双胞胎女儿。母亲的新角色满足了她对一个安稳又充满爱的环境的需要，至少在几年内是这样。与她曾经的恋人们和变幻莫测的工作不同，作为自己小族群的头领给了她从未有过的绝妙感觉。

可惜，吉尔菲对其他女人也有吸引力。他在苏格兰的亚伯丁郡拍摄第一部电影时，阿曼达和他共度了一个周末。吉尔菲和女主角的互动让阿曼达感觉到了什么，即使很微妙，却也引发了警报。毕竟，她是一名记者，对解读人们的行为有着敏锐的洞察力。一位制作助理开车送阿曼达到火车站，她在车厢里坐了一小会儿，就在车门即将关闭的时候冲出了火车，随后打车回酒店。她一直留着房间的钥匙，当她打开门时，发现丈夫和女演员一起躺在床上。

阿曼达麻木得无法流泪，无法愤怒，甚至无法言语。她走出门，朝车站走去。回伦敦的这一路，她默默地哭着。

尽管吉尔菲声称懊悔犯下了错误，也后悔失去了阿曼达，但阿曼达知道，结束婚姻的决定是正确的，不用再次忍受羞辱和背叛。后来，吉尔菲成了一个好朋友，一位受人尊敬的电影导演（以睡到美女而闻名），以及一个疼女儿的父亲。

至少，阿曼达总是有她的幼崽。还有她的作品。

* * *

罗素和吉恩一样为儿子感到深深的悲痛，只不过是以自己的方式。但几个月来，痛苦笼罩着索尔兹伯里，再加上意料之中的相互指责，罗素的悲伤变得略带一丝怨恨。为了逃离阴沉的气氛，他接了个活儿，有个老客户正飞往马赛马拉野生动物保护区。罗素没提这是一次狩猎之旅。

罗素知道这件事日后可能会不断困扰着自己，但他还是去了。后来罗素才察觉到，自己一直在无意识地试图结束这段婚姻。客户是一位富有的子爵，带了一群酗酒且可卡因成瘾的朋友（以及他们的妻子），他们都是第一次狩猎。罗素坚定地执行枪支安全规则，但身处野外，带着新手和上膛的枪，猎物又十分危险，可能会发生坏事。

还没等罗素下令开枪，其中一个朋友就近距离射击了一头黑犀牛，但没有把它放倒。犀牛转过身冲锋时，罗素没办法在不误杀客户的情况下干净利落地射杀犀牛，于是跑到这头愤怒的野兽面前分散它的注意力。这个策略十分奏效。

当罗素试图逃跑时，犀牛用角钩住了他的腰带，把他甩飞了。罗素砰的一声摔在地上，以保护的姿势缩成球滚开，知道接下来会

第十七章

发生什么。犀牛低下头，向他撞去。幸运的是，犀牛角只是擦过罗素的肩膀，但随后又刺进了他左眼下方的脸颊。如果犀牛再刺一遍，罗素必死无疑，但是卡格韦及时抓住了客户的枪，在三米外对着犀牛的心脏开了一枪，立刻就把它放倒了。

罗素被飞机紧急送往内罗毕，但紧急手术只能挽救面部的伤口，治不了他的眼睛。他的余生都要戴着眼罩，当疤痕随着时间的流逝而变淡，人们说他看起来像好莱坞电影中一个潇洒的老侠盗。

吉恩在他康复时一直守在病床边，但罗素知道自己最后一次背叛了妻子的信任。回到家时，吉恩已经搬到了客用小屋。当罗素好得差不多时，吉恩告知他，自己和动物孤儿们要一起住在索尔兹伯里，请他搬出去。一切都结束了。

* * *

卡莫从兽医学校毕业后的几年里，一扇接一扇的大门为他敞开，他升到了野生动物部的高层。他变得会用冷峻嘲讽又幽默风趣的口吻来抨击那些毫无戒备心的人。在攀登官场阶梯的肯尼亚年轻人中，卡莫变得臭名昭著。

卡莫和玛可娜很快有了孩子，一家人受邀把周末派对参加了个遍。到了三十二岁时，卡莫就在大厅里部长对面的那头办公，但由于他没有某种精神病患者的本能，他很乐意以任何可能的身份服务，因为他的"初恋"是动物。他一半的时间都在野外,与部落村庄、乡镇以及每个猎人、牧场主和农民搞好关系,这些人为他想保护的野生动物而服务。他工作的另一部分是减轻肯雅塔政权对动物造成的损害。政府口头上说要反对盗猎,背地里却在黑市上卖象牙发财。

卡莫对大象的爱随着年龄的增长而更深,每当他在野外时,他都会寻找象群,时刻留意着伊希在哪儿。卡莫永远无法接受伊希已经死去的事实,他会一直寻找伊希,直到他们以某种方式团聚,无论是在这儿还是在另一个世界。

第十八章

英国和肯尼亚，1983 至 1985 年很难说我在这个地方待了多长时间，因为日子总是循环往复，一样的天空，一样的食物，一样的走了一圈又一圈直到困意袭来。我觉得，如果把在这里的时间加起来，应该跟我以前所有日子的总和差不多，但我确定不了。我不想再这样下去了，但当我开始绝食，饲养员就会强行把我推进一个隧道，没人会知道里边发生了什么。然后他们把一根软管放在我的喉咙里，往我身体里灌进液体。遭受了几天这样的折磨，我屈服了，又开始吃他们的食物。抵抗是徒劳的，所以我只能继续这样。

我的邻居们帮不上忙，因为他们中的大多数甚至比我更绝望。他们盯着遥远的地方，仿佛在被带离原本世界的那一刻，他们真正的生命就停止了。奇怪的是，他们中有一小部分认为，这样活着比在原本的世界要好，因为这里没有捕食者，没有洪水火灾，也没有忍饥挨饿。但他们是更弱小的品种，过日子总跟梦游一般。在我们中间，那些更强大聪明的动物受到的影响也最大，只能站在引发思乡之情的小围场里，而"两脚兽"则成群从我们身边经过，盯着我们看。

第十八章

日子也并非总是如此。我第一次来到这儿时,围场里已经有两个姐妹。虽然她们已经完全成年,但体型只有我的一半,而且她们的耳朵和象牙都很小。她们说,来这个地方之前,她们的生活是很可怕的。在那里,"两脚兽"会把她们锁起来,强迫她们在丛林与河流中拖倒树木。以前,我曾时不时见过"两脚兽"的家畜受到过这般待遇——但她们可是大象啊!

虽然与两个姐妹相处的时间不多,但她们待我十分温和,我对她们的敬重也跟对其他大象朋友的一样多。后来有一天,她们被带出了门,再没出现过。每天晚上,我都会在睡梦中拜访她们以及我认识的所有朋友。

饲养员们什么样子的都有——大多数是善良的,就像收养我的"两脚兽"朋友一样——除了一个讨厌的雄性,他那眼珠子滴溜溜地转,等到没人的时候就惩罚我,觉得我那天犯了什么过错。我曾试图取悦他,但不论我怎么做似乎都无法软化他的心。要是我敢报复,后果将是可怕的,这我很肯定。因为我曾目睹他对另一个朋友发怒。

在这对好姐妹被带走后,我孤独了一段时间,整天在同样寒冷的天空下转着圈,脑海中却在回顾生命中更好的时光。后来有一天,门再次打开,一头母象被领了进来,她似乎来自我们族群。我激动万分,直到我看到了她的眼睛。无论她曾在哪里待过,都给她留下了伤痕，从内到外都是如此。我等待着，悄悄观察了她好几天，她除了默默听从饲养员的命令外，还没有准备好说话或干其他事情。她似乎懂得"两脚兽"的语言，肯定是在他们的世界里待过。

后来她终于跟我说话了。一天深夜，我们站在那里听着邻居们睡觉时发出的声音。她的声音很虚弱，仿佛已经用光了力气。她的名字叫塔蒂亚娜，很多个季节之前，"两脚兽"把她从出生地带到大洋彼岸的另一片土地上，给她取了这个名字。到了那片土地后，她被送上长长的蛇形假兽，穿越群山与河流。后来，她到达了一个母象族群里，她们都和自己一样被关在另一个蛇形假兽的栅栏里。塔蒂亚娜看到，这些母象就像河里被磨烂的石头一样。她感到一阵恶心，意识到这也将是自己的命运。

塔蒂亚娜看着其他母象排队进入一个空旷的围场开始工作。她很快就明白了"两脚兽"想要什么，如果她走得不够快，"两脚兽"就会通过喊叫、戳碰或痛打来惩罚她。塔蒂亚娜很快发现，所有这些都是为了取悦那群在大围场里为大象欢呼鼓掌的"两脚兽"。套路并不难，和大象一起表演的"两脚兽"大多都很善良，有的骑在大象背上，有的挂在象鼻上。但驯兽师很残忍。塔蒂亚娜很快就学会了顺着他们的心意表演，于是被单独分开。

大象们每隔几天就要乘坐蛇形假兽去到一个新的"两脚兽巢穴"，一次又一次地表演同样的把戏。这样的生活持续了很多个季

第十八章

节,塔蒂亚娜也与她的姐妹们建立了深厚的感情,同时变得就像河里被磨烂的石头一样。

后来有一天,一切都变了。大象们注意到,饲养员越来越少,食物减少到平时的一半,动物们也开始消失不见。不久,驯兽师接管了好心"两脚兽"的职责,不过现在也都走了。巨型蛇形假兽在冰冷的森林里晃悠着,大象们听到笼子里的其他动物在痛苦地抱怨……接着事故发生了。

一位驯兽师正在清理一只大猫的笼子,这时传来一声低沉的咆哮,接着是一声尖叫,其他"两脚兽"都跑了过来。塔蒂亚娜听到砰砰杆的回声响了几次,很快她和姐妹们就看到最讨厌的驯兽师受了重伤,鲜血直流,被抬了过去。大象们知道他活不过今天,接着意识到这也将是自己在这里生活的终点。唯一的问题是,以后的生活会更好……还是更糟。

讲到这里,塔蒂亚娜感慨万千,我站在她身边看着她流泪。那晚她没有分享更多的回忆,但我对她产生了一种奇怪的、强烈的情感。这是我生平第一次对一头母象有这样的感觉。可惜,这也是最后一次。

* * *

经历了过去几年的这么多苦难,吉恩从未认为自己的生活是个悲剧。即使失去了特伦斯——这是她所经历过的最难以承受的悲痛——她也为自己还活着感到庆幸,为自己能在动物孤儿院找到如此强烈的使命感而幸运。她也许会在夜里带着沉重的心情入睡,但她知道已尽人事,该知足了,没有理由多愁善感。她明白这就是英式态度,更是她这代人的态度。他们挺过了大萧条时期和颠覆世界的战乱,没有想过自己在其中扮演着什么角色。他们是战士,会为自己坚信的事物挺身而出,全然不顾上帝的旨意如何(不过上帝肯定会听到他们的祷告)。在一个黑暗复杂的世界中,这种态度使他们的生活简单易懂。

1983年12月,吉恩第一次从医生那里听到了这个消息,但她一直没告诉其他人。大部分周末,卡莫和玛可娜都会回索尔兹伯里,他们注意到:吉恩越来越瘦,还开始戴上针织帽来遮掩日益稀疏的头发。这几年,她曾经的蜂蜜色头发逐渐成了银白色——她从没染过发——现在又变成了飘逸的几撮。于是一天早上,吉恩递了一把剪刀给玛可娜,让她全部剪掉。

罗素住在伦敦,他去那里思考余生要做什么——他当然不能再做游猎向导——所以他没有意识到这个问题。而阿曼达在特伦斯去世后就再没去过非洲,所以也没看到母亲因放疗和化疗所遭受的摧残。吉恩要卡莫和玛可娜发誓保守秘密:她不想成为任何人的负担。

在与病魔抗争的六个月里,吉恩对治疗感到非常厌倦,这些治

第十八章

疗给她带来的只有恶心、极度疲劳和骨骼的疼痛。当她得知自己可能活不过一年,便停止了所有西医疗法,决定尝试替代疗法。她要卡莫和玛可娜帮忙联系一位知名的治疗师,这时卡莫给阿曼达打电话,恳求她回家,但没有透露吉恩曾要他发誓的这个秘密。

当阿曼达看到母亲的状况时,试图掩饰震惊,但还是在晚餐的时候忍不住了。母亲平静地告诉她目前面临的情况,这时阿曼达被压垮了。让阿曼达感觉更糟糕的是自己没能多点看望母亲,而现在她要失去母亲了。

"她才五十八岁!"阿曼达惊呼道。吃过晚饭后,她和卡莫在山上散步,"妈妈还这么年轻有活力,怎么会得脑癌?"

"我们也不得而知,"卡莫回答,"我们发现后,脑袋都想破了。我们很高兴有你在这里一起分担,至少……"

"你给我爸爸打电话了吗?"

"打了,就在我给你打完电话之后。他说这几天就过来。"

那天晚上,在母亲黑暗的卧室里,阿曼达躺在她身边,母女俩意识到了一件痛苦的事情。除了感性的情绪之外,阿曼达没有任何理由休六个月甚至几年的假期并带孩子们搬到非洲。

"你在英国有自己的生活,"吉恩喃喃道,"你还有家庭需要照顾。有事业。我不能让你站在旁边看着我慢慢死去。这对你我都不好。"

阿曼达本以为自己要抚慰衰弱的母亲，但她惊喜地发现吉恩仍然如此坚强。

"我们每天晚上都要聊一聊。"阿曼达抚摸着母亲的手说道。吉恩沮丧地笑了笑。

"每天晚上听同样的话，你会烦的。"

"别这么说。"

吉恩闭上眼睛，叹了口气。

"如果病情加剧，我会告诉你的。"

"你能保证吗？别再像烈士一样慷慨赴死了。"

吉恩点了点头："我保证。"

"到时我会坐第一班飞机回家。"

然后最意想不到的事情发生了。罗素转租了伦敦的公寓，搬回了索尔兹伯里。他没别的指望，只想在剩下的时间里照顾前妻。哪怕几年前吉恩就把他赶了出去。罗素的举动让所有人都惊呆了，他一直是个从不低头认错的男人，也从来没有帮人换过尿布，到了五十八岁的时候却有了新变化，吉恩也再次爱上了他。罗素成了主要照顾吉恩的人，开车送她去内罗毕看病，在不可避免的意外发生后帮她收拾干净，给她洗澡穿衣，尽量不让她情绪低落。

临终的一个晚上，两人的对话让吉恩惊呆了。罗素谈到他在许多个夜晚望着星空思考人类在宇宙中的位置，谈到我们在地球上的孤独时光。如此滔滔不绝，吉恩觉得自己甚至不认识他了，或者不知道他是不是变成了谁。两人曾经在一起的大部分时光都在睡觉，她迫切地想要更多的时间来重新认识这个神秘莫测的男人。

然后，罗素握住她的手——临终关怀护士为了让吉恩更舒服，已经把静脉输液管拔掉了——低声说："我要向你坦白一件事……"

吉恩透过蒙眬的双眼看着他，虚弱地笑了笑："你有女朋友了。"

这个时候的幽默让罗素猝不及防。他苦笑着：

"有过几个。每个都不如前一个年轻漂亮。"

事实上，自从回到伦敦后，罗素已经过渡到了一个新的境界。他在壮年时总会吸引女性的目光，现在时过境迁了。在野外观察动物多年后，他发现自己不再是基因库中受到追捧的成员。一开始他还很伤心，但最终还是欣然接受了。

"我是认真的。希望你能听我说。"

吉恩点了点头。罗素便继续讲述。

"伊希还活着。"

吉恩的眼睛睁大了，肺部痛苦地吸了一口气："二十几年前我在安博塞利发现了他……然后把他送到了某个安全的地方。"

她躺在那里，说不出话来。罗素看得出她松了一口气，一方面，伊希比她养过的任何动物都更亲近她——尽管她明显感到被背叛了。

"你把他……送到哪里去了？"

"谢菲尔德动物园。那里有一个相当不错的大象馆，把伊希照顾得很好。"罗素的声音变小了，因为他知道吉恩有多么抵触动物园，"我有一千次想告诉你……但我知道你会反对。我不能让他因为象牙而被杀。"

罗素看着她的脸上闪过无数的情绪。吉恩终于呼出一口气，低声说："我原谅你了。"

接着，她热泪盈眶："原谅一切。"

第二天，阿曼达从伦敦赶来，吉恩没有提伊希的事情，吉恩知道自己行将就木，而且也没有理由影响女儿对父亲的感情。她看到了罗素所做选择的智慧，即使自己并不赞同。

三晚过后，吉恩仰头看着生命中剩下的所爱之人聚集在床边——前夫，女儿，还有养子——她在吗啡的作用下陷入了深度睡眠，再也没醒过来。

尽管他们早就知道吉恩会离开，但还是哭了好几天。两千多千米之外的大洋彼岸，伊希感到一股莫名的悲伤涌上心头。他环顾四周，想看看出了什么事。

似乎没有什么不对劲，但有什么东西不见了，他能从骨子里感觉到。

第十九章

赞比亚和坦桑尼亚，当今

威斯布鲁希望布莱克曼离他们的大象越远越好,但离他们进入坦桑尼亚还有两天的时间,威斯布鲁还需要这个人监管赞比亚公园那边的事情。当威斯布鲁拿着密封在塑料袋里的开花状子弹质问他时,布莱克曼出乎意料地坦白了一切。

"我猜你对此有一个解释。"威斯布鲁一边说着一边举起袋子。

布莱克曼本想撒谎,但随即又控制住了自己。

"是的。是我干的。"他平静地承认,"我从直升机上开了枪,想让他移动。并没有一个特定的目标。兄弟,我一时疯了。"

威斯布鲁盯着他,他最坏的猜想得到了证实。

"我开枪的那一刻就知道自己错了,"布莱克曼继续说,"我没办法收回,但我迫切地想弥补。"

"你打算怎么办?"威斯布鲁问,"你和其他人一样清楚规则——你的工作是保护野生动物,而不是杀死它们。"

"我后来意识到了。也许听起来很离谱,但我已经改过自新了,先生。我以名誉发誓。"

威斯布鲁望着在月光照耀下聚集在边境的云彩。

第十九章

"行吧,你说了实话,就像变了一个人。我相信你。"

"谢谢您,先生。"布莱克曼顺着他的目光望向那些云彩,"我猜,这几天你们过境后我就再也见不到你们了……所以我有个请求。您有没有可能同意不把这件事告诉任何人?"

威斯布鲁知道,如果告发他,那么他在国家公园的职业生涯就到头了。不过,他不明白布莱克曼是怎么得到这份工作的,丽贝卡了解到,布莱克曼曾是罗德西亚政府的士兵。罗德西亚在成为津巴布韦之前是一个种族隔离制度的国家,因此,布莱克曼的双手无疑沾满了鲜血。他不知怎么就离开了赞比亚,还进了国家公园当差,就躲在众目睽睽之下。

"我得考虑一下。明天再说吧。"

布莱克曼硬气地接受了,他伸出手来与威斯布鲁握手。

威斯布鲁心想,绝对不能让这个混蛋接近野生动物。一旦到了坦桑尼亚,他就会告发这个家伙,他估计布莱克曼会在什么地方找个旅行中介的工作,或是为购买象牙的亚洲游客担任安全顾问。双方倒是挺配的。

那天晚上威斯布鲁在房车里看着白天的录像,他可以看出大象饱受肩伤之痛——显然伤口还没有完全愈合,还因感染细菌而溃烂——所以威斯布鲁开始了在大象的饲料里添加一个疗程的抗生素猛药。希望这能消退感染、减缓疼痛,不至于使他过于疲劳。

大象是如此高贵的生物，有着如此强大的意志力，这个故事播了一周便火了，甚至比布兰代斯预想的还要快。再加上摩根·弗里曼的解说以及萦绕心头的感人配乐，这头年老的公象被赋予了悲怆的意味。填补画面里剩余的每个小时并不难，镜头展现着伊希在索尔兹伯里的早期生活和在谢菲尔德动物园的晚年生活，同时穿插着动物专家的采访和大象生活的库存镜头，这并不费钱，还充满戏剧性。但最重要的是，他能否在生命耗尽之前见到老朋友和故土，这一悬念让大多数人吊足了胃口。

过境点是精心安排过的，目的是尽可能减少与人类的互动。这两个国家都派了代表待命，赞比亚的布莱克曼将职责移交给了坦桑尼亚的阿巴西·图库，后者是一个戴眼镜的公园管理员。接着，夜幕降临，大象消失在三个国家公园中的第一个，从这条路可以安全回家，起码能避开城市和汽车。

第二十章

英国和肯尼亚等地，1986 至 1998 年卡莫终于受够了野生动物部的工作，不愿再与腐败冷漠的官僚共事，而新总统丹尼尔·阿拉普·莫伊甚至比肯雅塔家族更残暴专制。阿拉普·莫伊不是基库尤人，而部级领导的位置都被总统同部落的朋友占了，卡莫很快意识到自己在从政之路上要止步不前了。与此同时，他努力保护的野生动物的命运也要到头了。

因此，在吉恩葬礼的第二天，当罗素和阿曼达和他谈论起一个提议时，卡莫所有祈祷都有了答案。父女俩告诉卡莫，他们将留在英国，想问问卡莫和玛可娜是否愿意接管动物孤儿院。

"你可能会大吃一惊，"罗素平静地补充道，"我们第一次见到你的时候，吉恩就说，她觉得你有一天会接管孤儿院。她说得对吗？"

卡莫说不出话来，其实他内心激动万分，眼泪都从眼睛里溢出来了。阿曼达也泪流满面，她拥抱了这个热泪盈眶的非洲兄弟。

"我太高兴了！我答应你们。"卡莫终于平复了心情，"你们是我真正的家人，也许甚至就等于我的亲人。"

对于卡莫而言，这相当于回到他的第二个家，在那里他可以继续自己的工作，传承他深爱的第二个母亲的事业。从捐款中拿的薪资并不高，他和玛可娜的社交生活也不是一个要升官的人该有的那种，但索尔兹伯里提供了独特的奖励。他们不用在喧嚣嘈杂、污染严重的城市里住着狭小的公寓，而是在宽敞的房子里醒来，俯瞰着世界上任何一个地方都无法比拟的风景。此外，动物孤儿们填满了他们的生活和心灵。卡莫也许后悔过没能按照曾经设立的目标成为部长类似的政要，但他很快就心平气和地接受了，并意识到他下一个阶段的人生属于这里。他发现，有时候命运就是这样。

罗素回到了英国，四十年来第一次与曾经的圈子重新建立了联系。在他还有机会与吉恩重修旧好的时候，他一直不愿意这样做，但如今他的未来却令人不安地广袤开阔。罗素成了聚会派对上抢手的新鲜人物，大多数男人觉得他迷人而粗俗，而同龄的女人则难以抗拒他的魅力。所以也难怪他后来和一个有钱又迷人的寡妇住在一起了。莱丝丽·伍德海德-斯派金斯是他从小就认识的，与长大成人的孩子们一起住在伦敦郊外一个十九世纪的庄园里，庄园内养了许多野生动物，慷慨又不羁的生活方式非常适合罗素。莱丝丽鼓励他重拾年少时最初的爱好——绘画，这件事留在了罗素的脑海中。他一直很有天赋，现在他开始画露天风景，并且吸引了一个画廊老板朋友的注意，他已经上道了。以后的日子里他也有理由回到非洲，但目前他很满足于重新开始一段感情，在开阔的天空下绘画度日，而且离阿曼达和双胞胎外孙女不过二十分钟的路程。

他每年都要去看望伊希一次，晚上动物园关门的时候，他可以进入围场，当他们触摸到对方时，罗素总是因自己的选择而感到沉重：这种生活比大概率死在野外更好吗？每次见面时伊希望向自己的眼神是一种宽恕吗？还是在恳求自己带他离开这个地方，回到他本应度过黄金岁月的地方，和同类一起在东非的平原上旅行？大象不可能知道会面临什么危险，这只有罗素知道。至少他是这么说服自己的。

* * *

塔蒂亚娜的到来让伊希又有了活下去的理由，他开始从沮丧中走出来。曾经目睹俄罗斯马戏团结局的塔蒂亚娜也开始重拾信任——她是少数几个没有被卖给私人庄园遭受"运动狩猎"的幸存者之一。很快，两头大象就形影不离了，在围场里打情骂俏，在新的池塘里打滚，就像大孩子一样。饲养员和顾客都很高兴。

两年后，塔蒂亚娜站在院子中央，羊水破了，一只刚出生的小母象掉了出来。饲养员们吓了一大跳，措手不及。此前，英国的动物园里从未有过小象出生，工作人员目瞪口呆地看着大象妈妈发出喇叭般的洪亮声响，用鼻子取出胎盘，然后用脚轻轻地催促小象站起来。在此期间，伊希一直守在旁边，象鼻来回摆动以示警告。

第二十章

《每日电讯报》在那个圣诞节的头版上刊登了一张照片,照片上是新生象崽和她的父母站在小雪中,此后几周,展览的栏杆有三层深。但这对父母的生活都不是特别有魅力,所以他们生活的下一章平平无奇。

这时,新生象崽在围场里嬉戏,围观者看得兴高采烈。突然她滑倒了,掉进了隔离壕沟,卡在了下方四五米的地方。目睹了接下来几分钟的人都不会忘记大象妈妈痛苦的叫声,她试图伸下鼻子把象崽拉出来,但壕沟太深了。人们呼喊着饲养员让他们跑过来。其中一人爬下去,用绳子绑住小象的脚踝,一辆卡车赶到,把小象吊了出来,饲养员也成功脱身。

小象明显一瘸一拐,由于大象的第一条规则是不要靠近受惊的母亲,否则会有危险,因此饲养员们决定将塔蒂亚娜和象崽分开,以便治疗伤势。塔蒂亚娜最喜欢的女饲养员自告奋勇把小象引到外屋。这时,她正在找机会把小象叫过来,而饲养员长——也就是塔蒂亚娜讨厌的一个工作人员——走到了围场的另一边,显然是为了在必要时分散大象父母的注意力。

塔蒂亚娜正忙着照顾她的孩子,这时她意识到身后有第二只"两脚兽"。她转过身来,发现是饲养员长。看到他挥舞的象钩,塔蒂亚娜扇动着耳朵发出警告。在马戏团的时候,也有"两脚兽"对她和姐妹们用过一模一样的装置,每次都让她们遭罪。

伊希也习惯了这个饲养员使用象钩的方式，知道现在与他对抗会导致灾难。于是他走到塔蒂亚娜面前，对着饲养员高声呼喊，让他出去。

几乎所有在随后几天做证的目击者都发誓，这头公象是为了防止进一步的伤害才警告饲养员离开。他有目的地朝饲养员走去，同时牵制住塔蒂亚娜。但是，当饲养员向伊希大喊并举起象钩时，塔蒂亚娜已经受够了。她悄悄地绕过伊希，冲过围场另一边。

伊希三步并作两步走，把塔蒂亚娜推到了一边，使她撞到了围栏上。然后他用鼻子抓住饲养员，把他高举在半空中，象钩飞了起来，这时塔蒂亚娜又想去抓他。伊希本可以轻易地杀死这个饲养员，但他却小心绕过塔蒂亚娜，把饲养员扔进了壕沟。塔蒂亚娜试图探进去一劳永逸地解决掉他，却是徒劳。

只有一台索尼摄像机摇晃着录下了这一幕，该摄像机在事故中途打开，画面充满了惊恐的尖叫声。饲养员长坚称，大象曾试图杀死自己，现在是个危险，必须被安乐死。但这段录像加上其他饲养员的证词，足以让人对他说的故事版本产生怀疑。于是动物园决定先将这几头大象分开饲养，后面再看看能否送到其他机构。大象妈妈和象崽在另一个动物园里会很受欢迎，但要安置一头可能伤人的七吨重的公象就很困难了。

在塔蒂亚娜和象崽被捕获并转移到柏林动物园的四个星期里，

第二十章

这两头大象被分隔在两个围栏里,却一直并肩站在栅栏边上。她们都知道,这是母女俩在一起的最后时光。而饲养员们,除了他们毫无歉意的上司之外,都被感动得难以言表。

于是,伊希在那个英国的冬天再次踏上了孤独之路。饲养员们知道他为什么又不吃东西了,但他们必须让他活着,在这个问题上的命令很明确。伊希在那里的二十年里,他们每个人都尊重和爱护他,哪怕现在也不害怕进入他的围场。

动物园里,父母对他们的孩子耳语,指出在电视上看到的那头"危险"的大象,十几岁的小孩大声嘲弄,老年人与野兽对视……然后困惑地走了。在他们看来,这头大象似乎只是心碎了。

在塔蒂亚娜和象崽被运走的两周后,伊希无精打采地站在水坑边,重温遥远的记忆,这时他闻到了一种令人痛心的熟悉气味。信息从他大脑的海马体涌现,几秒钟内他就认出了那是什么,于是向外望着路过的"两脚兽"。

阿曼达在当地新闻中看到了谢菲尔德动物园的事件。她坚决反对圈养动物,所以平时尽量不看这类故事,看了痛心。但是这一次,有些东西引起了她的兴趣——这头大象被目击者甚至是饲养员称为英雄,而他失去伴侣的悲剧又让这个故事变得非常耐人寻味。内心挣扎了许久之后,她把八岁的双胞胎女儿塞进车里,带着她们去动物园。这是她们人生中的第一次,希望也是最后一次。

就这样,她站在栏杆前,举起女儿们以便她们能清楚地看到这头强大的公象,这时她发现大象正朝她们走来。他在壕沟的边缘停了下来,大概有五六米远,举起了象鼻,发出了一声哀伤的长啸,把阿曼达的两个女儿吓呆了。阿曼达意识到大象是针对她的,那双眼睛在恳求自己——她突然就知道了这头大象是谁。他额头上淡淡的、凸起的疤痕,他耳朵上的图案,他眼睛里的善良,绝对不会错的。

　　"伊希?!"她尖叫起来,两个女儿和其他游客都惊讶地瞪大了眼睛。

　　大象伸出鼻子,高兴地扇动着耳朵,然后在围场里小跑了一圈才回来,他的头从一边歪到另一边,尿液溅到冰冷的地面上时蒸腾起来。阿曼达难以自持,大为震惊,差点就忍不住爬过栏杆去找他了。

　　"伊希,你在这里做什么?"她惊呼。然后,她对那些拦着自己的围观者说,"我认识这头大象!我帮着抚养过他!让我走!"她的女儿们不知道该怎么想。母亲这是疯了吗?

　　不一会儿,一个动物园饲养员出现了,他肯定这个女人和这头大象之前肯定认识,并向办公室发无线电申请更多的授权。但在老板赶到之前,这位三十七岁来自苏格兰的饲养员柯蒂斯·霍斯利做出了一个敏锐的判断:

　　"小姐,您是否碰巧认识罗素·哈瑟维,那个老白人导猎?"

　　阿曼达难以置信地盯着他。这个人怎么会认识她的父亲?这一切是怎么回事？她许久才说出话：

"是的，他是我爸爸……"

"那就跟我来吧，小姐，我们先把您和您女儿们带到一个可以说话的地方。"

他带着她们绕到大院的后面，打开了一道钢网门，并护送她们沿着一条隧道来到了旧砖砌的外屋。阿曼达在隧道里很难理解他浓重的乡音。

"……大约每年都会来这里，工作人员允许他在闭馆后进入展览区。这是很难得的景象。"他笑了笑，就在这时，饲养员长坐着电动观光车来了。

"主管，这位是阿曼达·哈瑟维，是哈瑟维先生的女儿。阿曼达，这位是肖恩·麦克弗雷，我们动物园的饲养员长。"他们在握手时互相打量，阿曼达立即感觉到，这个人有点难对付。她在新闻中看到过他的一些片段，但近距离接触，她从这个人脸上看出他酗酒几十年，眼神十分凶悍。一种恶心的感觉涌上阿曼达的心头，这个人曾经虐待过伊希吗？

霍斯利还在说话："……而且她也认识我们的伊希。我想我们可以考虑让她穿过隔离栅栏去看大象。"

麦克弗雷哼了一声，摇了摇头。

"对不起，小姐，我不能让您接近那头大象。只有我们训练有素的饲养员才能与他互动。"

"我完全理解您的担忧，麦克弗雷先生。"她看到霍斯利脸上的表情——他不赞同，但又只能忍气吞声。阿曼达拉着女儿们的手说，"谢谢你们等我。"然后开始招呼她们出去。在隧道的入口处，她回头看了看麦克弗雷。多年来，这种手段她用过很多次了。

"听说您想把他转移到别的地方。我也许有个办法。既然您允许我父亲进去看他，我有个提议。我给我所在的报社打电话——我为《卫报》写稿——让摄制组和我父亲一起到这里来拍摄一篇关于伊希的专访。我敢打赌，报道发布后只需几天，我就能把大象安置到美国的一个保护区。省得您费心。您怎么看？"

麦克弗雷考虑了一会儿，不确定她是否在胡扯。虽然阿曼达的提议并非寻常的途径，但可以为他解决一个大麻烦——他不喜欢这头大象，这头大象显然也不喜欢他。

"我们一直很感激您父亲的礼物，所以只要能帮助我们把他安置好，我们都非常欢迎。"

"您父亲的礼物"这就是她所担心的，现在得到了证实：她父亲真的把伊希从非洲带到了这里而没有告诉家里任何人。这是一种背叛，在与父亲联系之前她还得消化一段时间。但现在，她需要向这个动物园管理员打出最后一张牌。

"麦克弗雷先生，伊希小时候就由我抚养，我认识他很多年了。

第二十章

我可能比父亲还要懂他。您需要什么弃权书我都可以签,但在我们开车回伦敦之前,我想和他待一会儿。在栅栏的另一边,如果您要求这样的话。"

恰恰在这时,伊希从围场里发出了低沉哀伤的隆隆声。他显然是在试图与阿曼达沟通,连麦克弗雷都能听到。麦克弗雷想了一会儿,叹了口气,点头示意霍斯利。

"和她的小孩待在这里。我去打开围场,看看大象是否会到栅栏边来。"

"谢谢您,麦克弗雷先生,"阿曼达说,"这让我们高兴极了。也许他也很高兴。"

两个女儿看着母亲跟着麦克弗雷穿过后门时都兴奋不已。甚至阿曼达的心也因期待而狂跳,自从她最后一次看到伊希,已经过去了二十三年。他现在已经是一头成年的公象了,不再是可爱天真的"小孩"了。他会温柔对待自己吗?他可能会有攻击性吗?在过去的二十年里,他基本上处于囚禁状态,这对他的行为会有什么影响?

阿曼达一踏进围场,伊希就出现在三米多高的栅栏的另一边,并把头贴在上面。栏杆之间有足够的空间让他伸过象鼻。

"要非常小心,小姐。"麦克弗雷从她身后警告说,"要是让他抓住,那会造成很大的伤害。"

阿曼达走近栅栏时,除了礼貌地点点头外,并没有对麦克弗雷做出任何回应。

伊希伸出鼻子轻轻地抚摸着她。阿曼达的手也上下抚摸着象鼻,轻抚他的脸,低声说着话。大象也嗅着这个曾经红头发的老朋友,但她的头发不再是橙红的了。和大象一样,她也不再年轻活泼。

"噢,伊希,我非常、非常抱歉。"阿曼达望着他的右眼低声说。伊希把右眼靠在与她水平的栏杆上,这样就可以尽可能地靠近她。伊希的"声音"在喉咙深处隆隆作响。阿曼达的视线在泪水中模糊了,但她始终望着伊希。

"我会带你离开这里,我保证。你会有一个美好的新家,没有牢笼,没有讨厌的家伙。你可以平静地度过余生。我向你保证,老朋友……"

两个女儿惊奇地看着大象和母亲隔着栅栏相拥而泣。霍斯利咧着嘴笑了起来,但他的眼中也有泪水。

* * *

"你有想过告诉我吗?"次日深夜,父亲接了电话,阿曼达轻声问道。即使在过去的二十年里,伊希的生活可以说是不值得过,但她已经接受了父亲是出于好意的这一想法。现在只剩下父女俩了,她不愿意对家里仅存的成员采取强硬和批判的态度。她可能造成的伤害可能是不可逆转的。不,她会原谅他。

第二十章

"曾有一千次我想过要告诉你,"罗素沉默许久后说,"我很抱歉让你以这种方式得知。"

"至少我知道了。你告诉过妈妈吗?"

"就在她去世之前。"

"她怎么接受得了?"

"和你一样。她不赞同,但是能理解。"阿曼达没有回应,"你知道,没有什么好的选择。至少他还活着,我们可以把他送到一个合适的地方,不管他还能活多久。"

"我知道。我已经在办这件事了。"

"就是这种干劲。"女儿听出了弦外之音,但他还是试图掩饰,"一如既往,你是最棒的,亲爱的。"

第二十一章

赞比亚和肯尼亚，1999 至 2002 年卡莫坐在巨型货运飞机尾部唯一的窗户旁，此时飞机颠簸地穿过雨云，即将到达卢萨卡国际机场。他的身后，伊希正在集装箱里打盹，但已经开始显示出从镇静剂中醒过来的迹象。对于从英国过来的这一路，大象不会有什么印象，当然也不会像二十年前的远洋航行那样记忆深刻，倒也正常。这次旅行只需要三十个小时——而不是漫长而折磨人的六个星期。

在谢菲尔德动物园的事件之后，卡莫把阿曼达介绍给了佛罗里达州的一个私人野生动物保护区的主人，那里很适合伊希。保护区主人总是很乐意接收索尔兹伯里那些由于各种原因而无法放归野外的动物。

将伊希转移到佛罗里达一事正处于最后的安排阶段，这时一位富有的赞助人派代表在深夜发传真向罗素和阿曼达转交了一份报价。

谢菲尔德动物园的老板被告知，在赞比亚有一个私人野生动物保护区，可以为伊希这头年迈的公象提供一个理想的环境。该保护区有两百多平方千米的热带草原和森林，区内放养了数百只濒危动物，配备了高大的通电围栏和武装巡护员以防盗猎。最令人信服的理由是，保护区里有一个单身象群，其头领刚刚寿终正寝。象群需要另一头成熟的公象来维持正常的族群等级，并向其传授处世之道。更妙的是，这里还有几十头母象可供伊希挑选。罗素和阿曼达都认为，这是他们能给伊希的最好的生活。阿曼达对布兰代斯以及他在野生动物方面的善举进行了必要的调查，他们和动物园很快就达成了一致。东非的气候和植物群更加适宜，大象更为熟悉，再加上目前这种情况，甚至比佛罗里达州的公园更加完美。伊希将被送回他所属的大陆。

* * *

我显然是在做梦。在梦里，我正望着几头年轻的公象，他们也盯着我看。天上的圆球又热又亮，就跟我到达寒冷的地方之前一样。我周围没有任何围栏，只有开阔茂盛的热带草原和树木，看起来无边无际。

在我的梦里，"两脚兽"老朋友站在我身边。他陪着我有一段时间了，就像我年轻时他经常陪着我一样。我有预感他准备再次离开我，但这是情理之中的：我不能一直看着他待在这里。等我醒来的时候，他大概已经走了。

* * *

卡莫和保护区的动物看守人回到了运输卡车上,这位看守人在退休前曾是赞比西下游国家公园的监管员。卡莫看着伊希慢慢走向林木线后又转身看小公象们是否在跟着自己。答案是肯定的。伊希发出一声只有他们能听到的低沉的隆隆声,当他消失在树林里的时候,那群单身公象加快脚步追上了他。卡莫笑了,监管员点了点头。

"他待在这里应该会很棒的。"监管员一边说着,一边发动卡车并吹口哨示意两个巡护员回车上,然后掉头回家。对卡莫来说,这次旅行是他一生中最快乐的一次。当他听说伊希还活得好好的,就在英国的一家动物园里,需要自己陪着回非洲,他手中的电话听筒都掉了下来,不得不在走廊上坐下来。每当他想到老朋友变成一堆骨头时就悲痛万分,但现在不是了,取而代之的是多年来从未有过的兴奋。

* * *

这些天我经常想起大黑,并努力为我的年轻朋友们效劳,就像他曾经为我做的那样。我希望自己没有暴脾气,但你必须问他们。

我已经在这个新地方走了好几天了,每遇到一棵树、一个水坑,我都要嗅一嗅、尝一尝,仿佛我又成了一头小象崽。我深深地

第二十一章

想念塔蒂亚娜，但除此之外，我对那个寒冷的地方别无怀念。我甚至对在这里遇到的平原和树上居民表示了好感，我可以看出他们对此很感激。我还没有遇到过对手，因此成了周围最受尊重和敬畏的生物——当然，除了"两脚兽"。

今天，我第一次遇到了隔离围栏，无论我走多远都走不出。我向我的年轻朋友打听，他们说，这围栏自他们来到这里的时候就已经有了。绕围栏走一圈要好几天，而且很危险，要是碰到了，它便会蜇你，痛得厉害，那留下的伤口就像被大猫的爪子抓了一般疼。必须要避开它。

尽管我很感激能来到这个新地方，但还是有什么东西缺失了。我在那个寒冷的地方总是感到孤独，肚子里有个洞让我在大多数清醒的时间里感到昏沉倦怠，这些感觉正在消失，但又没有完全消失。是的，我又回到了曾经的世界，但它不一样了，我一直在思考为什么。

我现在意识到，我以前的生活还在那里——我的朋友、我的姨母、我的族群，所有熟悉的地标，我在某个地方长大的感觉，我属于某个有我记忆的地方的感觉。与寒冷地方的夜空不同，这里的星星也在我所熟悉的位置，所以我一定离家很近。至少是足够近。在这里我会过好每一天，但我骨子里有一种渴望，告诉我，有一天我会继续前进。

＊＊＊

意料之外的变化结束了卡莫在野生动物部的职业生涯,同样也降临到了其他人头上。吉钦加也是基库尤人,所以当新总统的卡伦金族①幕僚长和他的过渡团队把吉钦加叫去做评估时,那人看完吉钦加的人事档案后抬起头来,轻轻吹了一声口哨,露出了无奈的笑容。

"天哪,基马蒂先生……你的收账率给我们留下了极为深刻的印象。我们从未见过这么高的比率。我们想问一下,你是如何做到如此成功的?"

吉钦加在回答之前就知道,一切都完了。显然,他的一些手下在前些日子里被叫去谈话了,吉钦加现在知道他们对自己的领导和做法并不满意。吉钦加还没有上升到他认为自己应得的地位,而这些新来的傻瓜要么会降他的职,要么解雇他,所以他很快做出了一个大胆的决定。他一言不发地站起来,冷冷一笑,走出了门。吉钦加边走下大厅边告诉自己,他有更好的方法来谋生,他要付诸行动,立刻就开始。

他的儿子穆特吉·基马蒂现在已经二十三岁了,长相和性格与父亲如出一辙。当你被一个冷酷苛刻的父亲抚养长大,亲眼看着他

---

① 非洲肯尼亚人口第三大的民族。

第二十一章

虐待你善良忠诚的母亲，你要么站起来反抗他——要么屈服。或者在十岁时第一次站起来反抗他，结果被殴打，然后屈服，而这就是穆特吉的情况。随着年龄的增长，他的愤怒也许比他父亲的更加根深蒂固，他曾因打架被两所学校开除。现在他为他的父亲工作，这个行当不需要文凭，只需找到对的熟人和一点培训。还需要一个团队。

吉钦加曾带他执行过几次盗猎任务，并为他安排了买家，穆特吉现在已经相当熟练了，尤其是盗猎者已经转向使用全自动步枪之后。他们的猎物从来没有机会逃生，整个兽群在短短几秒钟内就被杀光殆尽。

在一次盗猎行动中，穆特吉和两名手下在察沃边界外被野战部队逮捕了，之后他在一个肮脏拥挤的监狱里关了三个星期。他的罚款莫名其妙地被人支付了，他发现父亲在外面熙熙攘攘的街道上等他。

他们在最爱去的非法酒吧里庆祝出狱。喝完一瓶朗姆酒后，吉钦加告诉儿子，自己终于受够了政府，想跟儿子合伙重操旧业。

"我有个计划，可以让利润翻几番。"

"什么计划？"

"我们直接卖给亚洲一些国家的人。不要经过政府的中间人。"

穆特吉盯着父亲，考虑着所有可能的后果。

"这很冒险——万一被抓,就没人罩着我们了。"

"上次我们的'保护伞'帮了你什么?"

穆特吉的视线越过父亲,望向舞台上大秀身姿的脱衣舞娘,耸了耸肩。他无言以对。

他的父亲继续说道:"我和你一起行动。咱们一起干,父子搭档,跟以前一样。我们会挣很多钱,多到无法想象。"

穆特吉看得出父亲对这个计划是多么认真。最后他点了点头。

"行,我们试试看。"

吉钦加搂着儿子的肩膀,咧嘴笑了。

"好,我们明天就开始。"

正如他父亲所预言的那样,他们很快就会挣很多钱,多到无法想象。但无论你多有钱,总有世事难料的时候。

第二十二章

坦桑尼亚,当今

大象经过了坦噶尼喀湖并在两天后进入部落地区,这之后,看热闹的当地人就逐渐变少了,留下威斯布鲁和他的导演静静地跟着伊希。这位导演是著名的国家地理纪录片制片人。他们现在使用的迷你无人机是由一家名为 GoPro 的新公司赞助的,该公司的第一批民用无人机即将上市。这些无人机可以在难以注意到的高度和距离上进行跟踪,大多数野生动物不会发现,只是偶尔会有只被激怒的大鸟攻击无人机,让他们什么也看不见,直到他们把另一架无人机送到高空。摄制组现在可以不用地面摄像机和直升机了,这使大家都更加轻松。

伊希很快察觉到,每天早上都会出现一只奇怪的"鸟",它发出微弱的嗡嗡声跟在自己后面,直到夜幕降临,它或它的兄弟才离开,这不是巧合。伊希没见过这么移动盘旋的鸟。老象不是傻瓜:他明白"两脚兽"朋友仍然在那里看着自己。

然后,意想不到的事情发生了。日落时分,当伊希开始夜行时,他遇到了由两大家子组成的象群——十几头不同年龄的象带着小象崽以及未成年的公象——他们正聚集在一条河的岸边。伊希打算保

第二十二章

持距离，知道自己在他们中间很可能不受欢迎，这时母象王毫无畏惧地走到他面前，用鼻子上下嗅着他。然后她看着伊希的眼睛，温柔地轻声向他问好：

"你似乎在进行长途旅行，陌生人。你的目的地离这里远吗？"

伊希吃了一惊，不是因为她的直率或敏锐的感知力，老族长通常都具有这些特征，而是因为她声音中的温柔。自从他成年以来，除了塔蒂亚娜之外，没有任何母象如此关心他——而他与塔蒂亚娜的关系是在无可奈何的非自然情况下发展的。伊希以同样的善意对待这位母象王：

"善良的长者，我正在回出生地的路上，是的，离这里很远。您见过那座顶上有雪的巨山吗？"

"我听说过，但从未见过。据说那座山在许多地平线以外。"她把象鼻放在伊希的嘴边，"你的呼吸里有受伤的气味。你有足够的体力来进行这样的旅行吗？"

"我会到达那里的。"

这时，象群的其他成员已经走过来，他们从母象王那里感觉到伊希没有危险。公象们敬畏地看着他，他们从未见过这么庞大的公象。两头年长的母象闻到了他伤口的气味，关切地看着他。

"这是两脚兽造成的，是吗？"其中一个问道。

伊希不太情愿地开始解释，不想却面对更多的问题，很快他就把目前为止路上发生的事全部告诉了他们。象群听得入了迷，到了黄昏时伊希和每一头象都成了朋友。最后，这位名叫"深泉"的母象王示意大家安静下来。

"我想问问我们的新朋友，他是否愿意和我们同行一段时间。"她对族群说完，然后望向伊希，"我们和你顺路，而且我们知道最佳路线。我们将为你提供陪伴，而你可以为我们提供保护，使我们免受不可预见的危险，直到我们分道而行。你愿意吗？"

伊希知道他们并不需要自己的保护——这只是母象王的善意之举。然后，一股强大的、压抑的情绪从他体内涌出。他的感受显露于表，母象们轮流安慰他。她们很少遇到这样的公象，现在都决定，能陪他走多远就走多远。

在房车里，威斯布鲁饶有兴趣地观看着无人机上的画面。随着象群护送他们的新朋友进入黑暗，无人机也被召回过夜，这时威斯布鲁给丽贝卡和导演发了短信，告诉他们这一消息。他们都意识到，这可能是个新的问题，但不一定是件坏事。

第二十三章

英国、纽约、肯尼亚和赞比亚，2003 至 2011 年对于任何家庭而言，子女早逝带来的悲痛是毁灭性的。它随着时间的推移而变淡，但永远不会消失，父母必须学着在余生中带着破碎的心生活。

兄弟姐妹感受到的悲痛也是巨大的，但方式不同。对阿曼达来说，她把特伦斯带在身边，弟弟就像幽灵般在她的生活中驻留。如果她看到一些非同寻常的东西——例如，在阿富汗坎大哈的山区看到流星雨，或者在U2乐队演唱会的高潮站在舞台上——她会与特伦斯分享，仿佛弟弟在自己身边一样，甚至大声与他交谈。阿曼达从未觉得这很奇怪，她为他们两个人而活。尽管阿曼达不太相信来世，但在余下的日子里，她都把特伦斯作为一个同行者带在身边。

阿曼达最终厌倦了调查任务所要求的出差，作为一个单身母亲，她减少了工作以便更好地抚养女儿。她从未考虑过把女儿送到寄宿学校——毕竟有了前车之鉴——在她不得不外出采访的极少数情况下，她会把双胞胎女儿放在罗素和莱丝丽那里。两个女儿在外公家十分受宠，阿曼达回来接她们的时候，她们通常会恳求留下来。说实话，罗素当外公比当父亲要称职得多。他终于学到了教训。

第二十三章

阿曼达在三十多岁时开始写非小说类书籍，目前从一家精品出版商那里得到了少量的预付款。与男人的交往史几乎令她对男人除了友谊之外不抱任何幻想，到了四十多岁，她已经有了足够充实的生活——家庭、工作和朋友——让她忙碌并快乐着。当女儿们上大学时，阿曼达偶尔会找个伴，但恋人们最后总是让她想起自己为何形单影只。

"9·11"事件吵醒了西方在冷战结束后短暂的美梦，这时阿曼达难以抉择，是在五十一岁时重回全职记者的工作岗位，还是继续兼职并以其他方式做出贡献。经历了生活的变故之后，她确定这是小姑娘的游戏。在得知自己被驱逐出美国的判决不再有效后，阿曼达四处寻找机会，在这几年中，法律已经改了，她随时都可以申请签证。

三个星期后，阿曼达在曼哈顿下城的街道上走着，尽管她和纽约都经历了深刻的变化，但就像结了不解之缘似的，你在哪里离开，就在哪里重拾。在遭受恐怖袭击的世界贸易中心遗址周围转了几天后，阿曼达有了写一本书的想法，她想写具有煽动性的系列文章和专访——采访对象包括学者、政治家、将军、伊斯兰教士——探讨即将到来且可能持续数代的文明之战。一年后，《即将到来的战争——几个世纪的冲突》在出版的第五周登上了《纽约时报》非小说类畅销书排行榜。

在新书巡回签售会上,阿曼达接受了数十次采访,但没有提及自己为何此前从未回过美国。那部分过往是她不愿泄露的秘密。午休时,她正坐在曼哈顿中城的希尔顿酒店套房里,一个男人出现在她的门口,但公关代表没有像通常那样提前通报。

"哈瑟维女士,可以打扰一下吗?我没有提前预约过,但我觉得你也许会想聊一聊……"

当阿曼达意识到站在面前的人是谁时,她的血液都凝固了。三十年来,阿里尔也变了许多。他现在就像阿曼达记忆中褪色的照片。他年轻时的愤怒已经消失了,取而代之的是一种几乎令人毛骨悚然的平静。阿里尔在阿曼达对面的椅子上坐下,看着她惊愕的目光,笑容让人卸下防备。

"别担心,我很多年前就不恨你了。其实我是来道歉的。"

阿曼达瞪大了眼睛。他的话,以及这种柔情,刺穿了阿曼达三十年来的盔甲,阿曼达觉得自己又回到了那片高山草甸,回到了那个法庭,背叛了他。

"为什么……你会想向我道歉?按理说,我应该向你道歉才对。"

阿里尔缓缓摇了摇头。

"不,你所做的一切拯救了我。我当时没有意识到……但确实如此。即使你并没有这个打算。"他低下头来,"坐牢真的可以改变一个人，前提是你不能抗拒改变。也不能被怨恨蒙蔽双眼。"

"看来你确实变了……那其他人呢，他们在哪里？吉尔菲……卡津·萨米……？"

"我没太关注其他人过得怎么样。除了麦麦，"他苦涩地笑了笑，"还有你。起初是从报纸上看到的，然后在网上。你过得真不错。我为你感到高兴。"

阿曼达吃了一惊。

"谢谢你。"她注意到阿里尔手上戴了金色的婚指，"看来你结婚了——嗯，我猜是这样。你有孩子了吗？"

"有的。我跟你一样。但我的妻子和我分居了。"

"很抱歉听到这个消息。我懂那种痛苦。"

阿里尔望向窗外的曼哈顿天际线，阿曼达则打量着他的轮廓。对于一个五十多岁的美国人来说，他的身材保持得很好，只是略微发福，他的头发仍然乌黑浓密。阿里尔回头看着她说：

"我待在里面的时候找到了拯救我的东西。我成了一个佛教徒，全身心信佛。"

阿曼达以为他是最不可能在神灵身上找到安慰的人。她正要说的时候，公关代表带着另一位来访者走了进来。

"哈瑟维女士，这位是《底特律自由报》的爱丽丝·马斯登——"意识到房间里还有访客，她停了下来，"抱歉，我没注意到……"

阿里尔迅速从椅子上站了起来。

"劳驾,我就走了。"他对公关代表说,但始终注视着阿曼达的眼睛,"非常感谢你抽空与我聊天,哈瑟维女士。这是我的荣幸。"

他绕过两个刚来的人,对他们笑了笑。阿曼达只是看着他走出门外,然后一股强大的冲动使她猛地站了起来。

"对不起,马斯登女士,"她对来访者说,"我无意冒犯,但可以麻烦您在这里等一会儿吗?我需要和那位先生再谈谈。"

她礼貌地笑了笑,弯腰赶忙走到门外。当阿里尔走到邻近走廊的电梯时,阿曼达抓住了他。

"等一下,"她叫道,"三十年过去了,你不会以为,出了这扇门就算一笔勾销了吧?"

阿里尔看起来很惊讶,然后意识到她在笑,于是自己也笑了。

"啊,没有,那就有点怯懦了,不是吗?"

"也许吧。但过来找我也需要很大的勇气。给你自己点赞。"

阿里尔笑了,两人都感觉过去的事情正在溜走。或者说,又悄悄回来找他们了。

"你说得对,"他说,"这需要一番……思想斗争。"

"我在这个年纪学会了往前冲一冲。如果你真的想要什么,就得去问。"

他疑惑地摇了摇头。

第二十三章

"我很高兴看到你变成了如此进步的人。不过也不能说是意料之外。"

"我有成千上万个问题。你晚餐有约吗?"这个突然的问题让她和阿里尔都很吃惊,"拐角处有家不错的餐厅,把你的号码给我,我采访完给你打电话。"

他们都无法把目光从对方身上移开。两人都清楚发生了什么。

当阿曼达第二天早上醒来时,一束阳光穿过酒店房间的窗帘,她望过去,看到阿里尔侧身而睡,他强壮的体格从凌乱的床单中微微探出。回想起两人的性爱过程,阿曼达微微一笑。她想,除了不能一晚上做几次外,他们这些年几乎没怎么变,两人的欲望在达到一次高潮后就减弱了。但考虑到他俩的岁数,已经做得很好了。这么多年过去了,阿里尔仍然是她所有恋人里最好的。

阿里尔是纽约州北部的一名驯马师,恰如其分,他在哈德逊劳改所服刑八年后去了学校,出狱后与州执照委员会见面,通过一个信佛的朋友在萨拉托加县的一家纯种马场寻到了工作。这挣不到多少钱,但对于坐过牢的人而言,并没有多少高薪职业。阿曼达心疼他:要不是那些事,他本可以成为一名好兽医,但他毫无怨言地接受了自己的命运,也从未做过有损尊严的事。

阿曼达的手顺着他的臀部轻轻地摸下去,他醒了。阿曼达伸手抚摸他的下腹部……他呻吟起来。几分钟后,阿里尔进入了她的身体，两人以一个甜蜜缓慢的高潮开始了新的一天。

两人都知道在一起没有未来——这是在治愈过去的创伤——所以一切都来得很容易、很坦然。对阿曼达来说，最好的礼物是她终于可以原谅自己，可以不再为她最大的过失、最大的遗憾付出代价。阿里尔现在很好，她看到了，命运重回正轨，过去的秘密只有他们两个知道。

早餐后，他们一起走了几个街区到中央车站。他们承诺保持联系，在最后一吻之后，阿里尔登上了火车。

几年后社交网站脸书问世，他们重新取得了联系，在远处关注着彼此的生活，但再也没有见过面。

* * *

很少有高加索白人男性能活到七十五岁还没有任何重大健康问题。罗素和他那一代的大多数人一样，吸烟酗酒，高脂饮食，他的母亲还有心脏病史。这天，他独自在莱丝丽庄园以北几千米的荒野上作画，突然感到一阵轻微的头晕，他没有理会，随即他头痛欲裂，想要大喊却发不出声。他灵魂出窍般看着手中的画笔僵在画布上，随即从手指上滑落。他俯身去捡，结果倒在了画架上。罗素的症状愈演愈烈，他翻了个身，抬头看着天空，他可以肯定正在发生什么可怕的事。他曾在灌木丛中为客户治疗过中风，知道自己需要尽快

第二十三章

得到药物治疗，否则他将要半身不遂，只能坐在轮椅上——再也无法作画，再也无法成为莱丝丽的恋人，再也无法和外孙女们一起玩耍。罗素不能让这种命运降临在自己身上。

因此，他倾尽全力跌跌撞撞地走开，然后爬回停在一百米外土路上的路虎车。他几乎无法转动钥匙发动汽车，甚至无法抬起左臂，开车去大路是不可能的。所以他做了唯一能想到的事情——以一种节奏反复敲击喇叭，通知任何能听见的人来找他。如果有人是童子军或军人，便会认出这是在用摩斯密码求救。

不知道过了多久，罗素听到拖拉机的发动机隐隐作响，越来越近。这时下起了小雨，罗素横躺在前座，右手每隔几秒钟就无力地按一下喇叭。他的左脸和左臂都耷拉着，或者说没有知觉了。就在罗素准备屈服，陷入漫长安宁的睡梦时，有人一把将他抬起，在他面前大喊大叫。

这位农场主曾是一名伞兵，他在大路上开车经过时听到了喇叭声。他从拖拉机上跳下来，确定罗素不能动弹或说话后，把他拖到路虎车的副驾驶座上并扣好安全带。在雨后的乡村公路上，农场主开着车疾速行驶，不到五分钟就抵达了当地的诊所。

命运自有安排，那天下午值班的是一个非常机智的印度人，认出了罗素是缺血性中风，迅速给他静脉注射了阿替普酶和一剂阿司匹林。几分钟后，吓坏了的莱丝丽在门外见到了救护车，并随之前往伦敦皇家布朗普顿医院。罗素进了医院的重症监护室,病情稳定了下来。

到了早上,医院的首席神经学家告知阿曼达和莱丝丽,罗素非常幸运,他治疗及时,大概率不会有神经损伤。通过物理治疗,他甚至可能恢复左手的全部功能。

莱丝丽说,救罗素的农场主和诊所医生是天使安排在那里的。几周后,莱丝丽为他们举办了一个晚宴,并为他们的子女每人捐赠了一万英镑的大学基金。如果说罗素找到了另一位与他共度一生的伟大女性,那都过于轻描淡写了。

* * *

按理说,我应该像其他活着的生物一样心满意足。我的背上又晒到了阳光,肚子也填饱了。我有许多朋友,还有几头母象不时想与我做伴。即使是这里的"两脚兽"也很善良,非常尊重我们。

但这个地方有点像是被封闭起来的广阔世界,奇怪极了。我曾一连在这里漫游了好几天,无论我走多远,总是会经过同样的地标,最终回到原点。连没有危险这一点也显得不自然,大猫看起来小心翼翼,失了锐气,就像我在寒冷的地方观察到的动物一样。这样过了几个季节后,我开始感到厌倦,离开的冲动已经到了无法忽视的程度。年轻的公象们现在几乎都准备好独立生活了,所以我一直在

第二十三章

计划逃离。很快我就会离开。

＊ ＊ ＊

在过去的十年里，肯尼亚的盗猎活动已经达到了猖獗的程度，而索马里士兵团伙希望通过血淋淋的象牙来攫取利润以资助他们在北方的战争，这更是火上浇油。卡莫近距离地看到了这些恶行的后果：索尔兹伯里孤儿大象的数量之多令人震惊，而野生动物管理局的老朋友们所讲的大规模杀戮更是难以言喻。每天晚上巡视过看守人和他们的小象后，卡莫会像个幽灵一样在索尔兹伯里的场地上徘徊，即使是玛可娜的安慰话语也不能长久地减轻他的负担。卡莫眼看"他的"动物们被杀，万分悲痛，甚至他众所周知的幽默感也消失了。

在一百多千米之外，另一个不同的人正感受着截然不同的情绪。吉钦加也在近距离观看大屠杀，但角度不同。他、他的儿子和他们的手下与索马里人直接竞争，必须保持警惕，否则随时可能会陷入交火。六十岁的吉钦加和大多数四十岁的人一样健壮，但他并不想躲避野战部队和狂热冷血的游击队伍。每天早上，当他离开温暖的被窝在野外生火做饭，而不是舒适地待在内罗毕公寓里，他便意识到自己老了，干不动这行了。哪怕他们挣了再多钱，吉钦加也决定再次把生意交付给儿子。而这一次是永久的。

第二十四章

赞比亚,以及英国和肯尼亚

当今——九周前

我决定了要执行那个计划。雨季刚至,我认为这是开启旅途的最佳时间。我会有充足的食物和水源,而且不容易遇到"两脚兽",他们很少在雨季出门。夜晚也将由我独占。

我的年轻朋友们跟随我到了这个世界的一个遥远角落,这是我挑的理想之地。他们已经同意助我逃离,然后再回到往常进食的地点,希望"两脚兽"不会注意到我的离开。

最强壮的几个朋友接力将一棵大树连根拔起。我已经确定过了,这棵树会直接倒在围栏上将其压垮。一阵雷鸣般的撞击声,围栏倒了。我走近被夷平的围栏,想看看它还有没有气儿。

没有!它死了,我只管走出去就行!

老象回头看了看身后注视着自己的年轻公象,但谁都没有说话。伊希意识到这是他义不容辞的责任,他开始用一头公象最庄严的语气说道:

"很遗憾你们不能跟我一起走,我的年轻朋友们,但你们到了时候也会离开这里的。"年轻公象们全都一言不发,有些甚至不敢看他,"我们一起度过了许多雨季,日后回忆起来,这会是我生命

第二十四章

中最美好的时光之一。你们都会成为优秀的公象,没有我,你们也会茁壮成长。所以,在我改变主意之前,让我走吧。"

他们缠绕着鼻子,碰撞着象牙,围在伊希周围,用力推着他,缓慢而庄重地道出告别。伊希竭尽全力不表现出悲伤,还好下着小雨,他们看不到自己的眼泪。

伊希转过身来,小心翼翼地翻过倒下的围栏,然后开始小跑着进入树林中,从现在起这些树都是他的掩护。伊希没有回头,他想让年轻朋友们看看一头强大的公象有多坚强。大黑肯定也会这么做。

三个星期过去了,伊希几乎都在夜间行走,避开了所有人类居住的地方。然而,在穿过雨后打滑的硬地时,假兽在上面跑着,他一时疏忽犯了个错。伊希一直无法摄入足量的食物,每次咀嚼的时候,他的牙根就疼得厉害,长时间的饥饿感分散了他的注意力。因此,当车灯从雨中出现并向他飞驰而来时,他的心思还在别的地方。伊希愣了一下,随即开始后退,那只假兽则剧烈地旋转起来。假兽在离伊希不远处停了下来,现在非常安静,伊希看到了里面"两脚兽"的脸。他的眼睛和狐猴的一样大。大象盯着"两脚兽"看了一会儿,发现他安然无恙,便继续穿过屏障。

当伊希消失在另一边的黑暗中时,他想到了一点。这是他离开保护区后遇到的第一只"两脚兽"。这只"两脚兽"会不会告诉朋友刚刚看到了什么?

***

六个星期过去了,几位客人在莱丝丽的主餐厅结束了一顿喧闹的周日晚餐,这时远处的大厅里响起了电话。几分钟后,罗素被叫到了电话旁。是阿曼达,她有个消息。

"他们想让我们马上坐飞机赶到索尔兹伯里。那些人预计他会在本周内到那里。"

罗素激动了一会儿,然后又疑惑起来。八十七岁的他在大部分时间里仍然相当敏锐,但这个消息还是有点让他伤脑筋。

"他们为这整场秀买单,对吗?"

阿曼达自顾地笑了。

"这我就不知道了,爸爸。我用你的卡买的票。"她听到电话那头传来一声哀叹,感觉不妙,"爸爸,我逗你玩儿的。当然是他们出钱,你可是这场秀的主人公,记得吗?"

"哈哈,伊希才是主角。自然还有你。还有,别忘了卡莫。"

"噢,不会忘了他的。我们聊天的这会儿,他正在帮我们收拾好老房间。"

罗素哼了一声,表示赞同。他仍然绘画,但没出过庄园的场地。这并不打紧,反正他现在是凭记忆作画。画他记忆中最清晰的部分——非洲风光。

第二十四章

阿曼达又在说话了,他才注意到。

"对了,我还没有告诉你最精彩的部分。我们明天早上要在希思罗机场与布兰代斯先生见面。他将带我们坐他的私人飞机过去。"

"那我可要惊——"罗素停了下来,有点不确定,"这不会也是个玩笑吧?"

"不,爸爸,我说真的。抱歉刚刚开了个玩笑。"阿曼达是以一个女儿的身份说话的,而实际上她更像是一个照顾的人,"他们会派车来接我们,那我九点半去接你,好吗?叫莱丝丽帮你收拾好雨具,现在还是雨季。"

与此同时,伊希和深泉一族正在一片芒果树林里过夜,以北大约一百千米处就是那座巨大的雪山,这三天来一直在远方隐约可见。他们沿着埃亚西湖①和恩戈罗恩戈罗火山口②边缘行进,不紧不慢,因为伊希一天只能走十几千米。母象们并不介意,她们挨个讲述自己的故事,但她们都知道,最有意思的还是伊希的故事。伊希去过的地方和见过的事物,是她们无法想象的。

除了下雨有时无人机会停飞,威斯布鲁和摄制组在跟踪大象和他的新陪同队伍时没发现什么趣事。偶尔也有其他公象来意不善,

---

① 坦桑尼亚北部的咸水湖。
② 位于坦桑尼亚北部,是世界第二大火山口,被誉为"非洲伊甸园"。

但伊希块头足够大，还镇得住场子，所以他们没敢挑事。当一头性急的年轻公象试图骑上象群中的一头母象时，深泉一族认为他不合适继续留在族里，再加上伊希提供必要的威慑，他只能离开。在象群的行进途中，任何农场或村庄里受损的庄稼都会得到赔偿，所以没有愤怒的人类与其发生激烈冲突。

虽然从空中看，到肯尼亚边境的这一路都很好走，但这一天天的谁知道会发生什么意外。在过去的两个星期里，大象行进的几千米范围内发生了盗猎事件，所以摄制组的侦察员都特别警惕。仅仅是可能造成威胁的盗猎者就使观众紧张又期待，收视率稳步上升，几乎打破了所有播放这场秀的有线电视台的记录，同时网络关注度也居高不下。伊希永远不会知道，他也许是目前动物界的顶流。

* * *

次日早上，象群聚集在一起，无人机也悄悄到达，深泉走到伊希身边，用象鼻抚摸他的脸。

"我的朋友，"她过了一会儿说，"我很遗憾不得不告诉你这件事……我的姐妹们说已经走得够远了。我们已经看到了那座大山，也尽可能把你护送到了出生地附近。我们现在是时候回家了。"

伊希早就知道会有这一天，虽然他很珍惜象群的陪伴，但他知道自己要独自走完剩下的旅程。

第二十四章

"您无须道歉。你们对我的好不亚于我所认识的任何朋友。"

其他母象也靠了过来,后面还跟着年轻公象和象崽们。深泉的声音变得沉重伤感。

"你是独一无二的,伊希。我们永远不会忘记你。"深泉继续说时,伊希将额头贴在她的额头上,"你的心胸很宽广,我的朋友。第一次见到你时,我还有点怀疑——但你会到达目的地,无论这段路要走多远。"

象群挤了过来,每个成员都抚摸着伊希,他们大多数都感动得说不出话来。又一次,伊希不得不找到继续前进的力量,把另一群朋友留在身后。

伊希开始爬上一个布满巨石的山坡。接着,母象们转过身,开始向遥远的家走去。无人机跟在伊希身后,就在他登上山顶的时候,无人机回过头拍摄象群,这时的象群转过身来,举起了象鼻,发出长长的哀号。

威斯布鲁在观看传来的视频时,刚刚发生的一切始终萦绕在脑海中。这些生物有着如此细腻的情感,甚至与人类不相上下。他和导演准备把这一刻留到明天节目的高潮部分。他们预料到了观众会惊得说不出话来。

两晚过后,伊希已经离开了雄伟的山峰,留下它俯瞰着夕阳下的云层。伊希独自走过一片稀疏的森林,这时,一股淡淡的气味从远处飘来。这气味消失了一会儿,接着一阵微风吹来,气味变得明显而浓烈。不知为何,伊希感到一阵害怕,他站在原地不动,鼻子高举,想要嗅出这气味是从哪儿传来的。

人类的嗅觉系统可以从潜意识深处唤起记忆,有时比其他感官还要有效。对于大象这样的哺乳动物,嗅觉与记忆的联系更紧密,因为迅速区分气味的能力可能事关生死。现在这个气味是"两脚兽"发出的,混合着炊烟和烤肉的焦香。但是,最关键的气味是什么?是什么让他如此不安?

突然间,他想起来了,心脏似乎瞬间坠了下去。一段记忆开始从潜意识中涌出,场景太逼真了,他似乎回到了一片茂盛的草甸,母亲和原生象群在周围觅食。他看到了一切,听到了一切。母亲抬起头,全神贯注,察觉到了危险,姨母们围着他和其他象崽。接着,砰砰杆在四周炸了起来,伊希惊恐地看到他的母亲倒下,他的姐妹们倒下,听到同伴们在痛苦和震惊中呼喊。就剩他了,一股强烈的血腥味扑面而来。

他顿时回过神来,天越来越黑,他呆站着,情绪剧烈地波动。他明白了,这就是他多年前遗忘的那件事,这就是不知为何缺失的那段记忆……是微风送来的气味唤醒了这段往事。

他闭上眼睛,回到了过去,想看看后来发生了什么,害怕记忆再次消失。他抬头盯着一只正忙着把他母亲的脸弄得鲜血淋漓的"两

第二十四章

脚兽"。他碰了碰那个凶手，凶手转过身来面向他，伊希尿了出来，他分不清是现在还是五十年前，因为看着那双眼睛就像凝视死亡。而那正是伊希所希望的，在母亲身边死去。因此，他不怕任何后果，向那只"两脚兽"发起了冲锋，记忆在这里戛然而止。

伊希回到了当下，他站在那里，心在胸口怦怦直跳。他现在认出了这是什么气味，也认出了散发这种气味的"两脚兽"凶手。这一点毋庸置疑。这么多年过去了，凶手现在就在这里的某个地方，在他的上风处。

* * *

吉钦加的儿子穆特吉和他的手下与索马里人发生了太多的冲突，无法继续在察沃地区混了。三周前，穆特吉遇到了一个排的索马里暴徒，他在逃跑时扭伤了脚，暂时无法出任务，所以吉钦加代替他去追踪一大群正在沿着肯尼亚和坦桑尼亚边境向南行进的大象。由于这片区域没有游击队伍，也没有野战部队要对付，吉钦加和队员们在喝完朗姆酒后便放松了警惕，晚上就在那儿过夜。如果运气好的话，明早他们就能取到象牙，赶上回家吃午饭。

吉钦加天生就睡得很浅——这个特点多次救了他的命——所以当他周围出现一种独特的气味时，他的眼睛突然睁开。在月光下，他看到头顶上有个黑乎乎的东西遮住了星星，他想起了这是什么味道。

大象!

吉钦加一把掀开身上的毯子,伸手去拿武器,这时,一股强大的力量把他压得无法动弹,闷得他叫不出声。突然,他的肺部无法获得任何氧气,眼睛也肿得厉害。他抬头看着那只野兽,脑子里乱糟糟的,不知道发生了什么。透过那双眼睛,吉钦加看到的不是一头发了疯的凶猛大象,而是一个平静庄严的存在,将他紧紧抓住。甚至可以说是从容不迫——当吉钦加瞥见火堆余烬周围的其他盗猎者躺在毯子旁一动不动时,才明白为什么。这怎么可能,吉钦加的大脑终于运转起来,他拼命乞求这一切只是一场噩梦。

但吉钦加确实是醒着的,突然间他被举了起来,猛地抛向空中。当他像个布偶一样旋转时,他看到自己比周围的树木还高,知道自己要摔得很惨了。他狠狠地摔倒在火山岩地,腿部、手臂和胸腔的多处骨头被摔碎。他试图跳起来逃跑,但他能做的只有喘息。

大象又用鼻子把他举了起来,缓缓来回摆动,走过去把他丢在火堆旁。当最初的震惊散去,伤痛开始袭来时,吉钦加呻吟了一声。他吐出了血,凭直觉知道一切都要结束了。

"我做了什么要遭这样的报应?"他吃力地喘息着,"我们……见过吗?"

伊希只是注视着,但吉钦加有种奇怪的感觉,这头大象知道他

第二十四章

在问什么。伊希似乎回答了他的问题——将象牙压着吉钦加的腹部，直到他痛苦地号叫。

"啊！哎哟……"

大象松开了一会儿，吉钦加吐出了血，疼得无法发出声音。他向后躺下，喘着最后一口气，向大象吐了一口水。

这头野兽用鼻子猛烈地拍打着吉钦加的头。然后，大象腾跃而起，把全身重量像山一样压在他身上，接着，吉钦加的内脏从身体的每一个开口爆发出来。

大象低头看着他的宿敌，显然吉钦加已经没气了。伊希这一辈子很少伤害别的生物，除非是在少数被激怒的情况下，更未曾痛下杀手，当然也没有杀过"两脚兽"。所以刚刚的所作所为让他有一种未知的奇怪感觉。一些黑暗的东西从他的心中渗出。不是内疚，也非后悔，这些都是人类的概念，而是一些更基本的东西。命运得到了纠正，结束这只"两脚兽"及其同伙的生命，伊希义不容辞。他杀害的这些"两脚兽"再也不会伤害他的任何兄弟姐妹了，事情本该如此。伊希决定不再想下去了。他转过身来，平静地离开快熄灭的火堆，朝既定的路线走去。

天亮后，伊希遇到了一群大象，碰面时小心翼翼地问候了他们。他们谁都不知道，这群大象就是盗猎者原本要猎杀的目标。命运确实得到了纠正。

几个小时后，一架无人机找到了伊希，自从他前一天晚上绕路走开后，拍摄团队一直在疯狂地寻找他，重新"追踪"到伊希后，团队里每个人都松了一口气。几天过后，他们才得知在边境地区发生了一起命案。从食腐动物啃过的尸骨上可以看出，四名盗猎者在睡梦中被压死，凶手显然是一头发狂的大象。拍摄团队从来没有想过，这是他们善良的老象干的……为五十多年前遇害的族群报仇雪恨。

第二十五章

肯尼亚,当今

如果吉恩能看到现在的索尔兹伯里山庄农场,她会以为从前的游猎要过时了,阿曼达一边望着看守人给动物孤儿们喂晚餐,一边悲伤地沉思。除了动物孤儿院通常的喧闹之外,生活区也是一片手忙脚乱。威斯布鲁和摄制组已经在四车位的车库里开工了,无人机每隔几个小时就会飞进飞出。职工宿舍现在都住了新来的人:罗素、莱丝丽、阿曼达、威斯布鲁和丽贝卡。威斯布鲁和丽贝卡年龄相差十五岁,但朝夕相处加上对野生动物的共同爱好,他们已经成了一对儿。布兰代斯对动物孤儿院非常感兴趣,第一眼便萌生了资助的想法。布兰代斯曾劝说卡莫和玛可娜继续住在主卧室,但夫妻俩搬进了小客屋,这下他别无选择,只能住进他们的卧室。

卡莫很少喝酒,阿曼达步入五十岁后也不怎么喝,但他们在酒柜里找到了一瓶陈年波特酒,晚饭后走到院子里。他们一聊就是好几个小时,边哭边笑,了解对方的近况。他们各自的孩子现在都到了十几二十岁的年龄,正尝试着独自面对这个陌生的新世界,这让他们每个人都感到最自豪,也最心痛。

"你还记得恩德瓦吗,我同村的老朋友?"卡莫眼珠子一转,

第二十五章

问道。他的幽默感最近开始慢慢苏醒了。

"当然记得。你徒步历险的朋友。他最近过得怎么样?"

"几年前他父亲去世后,他成了我们部落的首领。他还是每年都来看我,从没间断过。"

"你们的关系还真不错。特别是在文化差距如此之大的情况下。你很幸运。"

"这就是我想告诉你的事情。这很滑稽……也很令人心碎。"他又倒了一杯波特酒,"每次我见到他,我们的共同点都越来越少。这就像和古老的文明对话。试着向一个从未开过车的人解释互联网是什么。"

"啊,真遗憾,"阿曼达说,但随后忍不住笑了,"至少你和你的遗产保持着联系。"

"小妹妹,你在嘲笑我吗?"卡莫俏皮地捶了一下她的胳膊。他们在五十多岁时对彼此的感情与年轻时没有什么不同。

"最精彩的部分来了。他问我,我十四岁的孩子愿不愿意和他们一起举行成年仪式,就像我们以前那样。"

"你是说像我们第一次见到你那样?"

"对的。他真是可爱又天真,以为对恩扎拉来说,由村里的长者进行割礼然后独自到野外待上三天三夜是件好事。"

"你是不是有点刻薄了?他只知道这些。"

"是吗？"卡莫想了一会儿，"光是卫生问题就很危险。而且，如果没有笔记本电脑，恩扎拉压根就分不清方向！"

想到子女那代对他们这代感到震惊，兄妹俩都笑了。他们渐渐安静下来，仰望着满天星斗的非洲夜色。最后，卡莫举起了酒杯。

"为我们亲爱的妈妈干杯，愿她安息。也为我们亲爱的朋友伊希干杯，希望他早日与我们重聚。"

侦察员说，这头老象在前一天就进入了察沃，离索尔兹伯里大约还有四五天的路程……如果一切顺利的话。

* * *

我已经离开这个地方大半辈子了，但它仍然在等着我，丝毫未变。当我走过熟悉的山谷，在喜爱的河流中沐浴，这里的景象、声音、气味，都勾起了我年轻时的回忆。我遇到的面孔是新的、年轻的。遗憾的是，一番打听过后，我所有的老朋友似乎都已经去世了。但是，既然我之前就知道会在这里找到路，而且我现在也已经找到了，那么当我到达目的地时，还有一些老朋友肯定会在平原上行走。

一周前，一只英俊的白鹭与伊希结为好友，骑在他的背上，在他结着泥土的皮毛上挑拣着宝藏。伊希甚至没有意识到背上有只白鹭，直到一天晚上白鹭对他说话：

"善良的主人，我们需要找到一棵火焰树，你这里的伤口有一

第二十五章

股腐烂的味道。我已经把里面的东西都吃完了,但你的情况没有任何好转。"

伊希感到震惊,自己居然能理解这只鸟的想法和他提供的信息。以前也有过许多白鹭和他同行,但他们从来没有对自己说过话。

"你……能用我的语言跟我说话?"

"嗯,这恐怕是另一个问题了。要么我有特殊的天赋……要么你的精神状态不如从前。"

这让伊希更加震惊。他已经注意到,在过去的几周里,或者更久以前?他的注意力和记忆力都在下降。他开始看到一些东西,但细看过后又不见了。也许是伤口造成的精神错乱,但在清醒的时候,他知道这种解释是自欺欺人。其实是因为他老了。他见过许多大象在暮年逐渐凋零的时候都会这样。而现在,这种事情正发生在他自己身上。那只会说话的鸟就是明显不过的证据。

但即使这只是自言自语,伊希也很喜欢这种对话,所以他决定继续下去:

"我正在寻找我的同类,但我的视力大不如前了。能拜托你时不时地飞到前面告诉我是否看到了我的同类吗?这样我的旅程将更有成效,也省去许多不必要的寻找。"

两天来,他们一路向北,穿过察沃南部的丘陵,但白鹭没有发现他的同类。第二天下午,他们来到了一片热带草原,平原居民在高高的草丛中觅食，他们敏锐地察觉到有几只大猫躺在那棵唯一的刺槐树荫下。白鹭飞走了，过了一会儿又乘着温暖的气流飘了回来，落在伊希的肩头。

"嘿，我们运气不错。在地平线那边有一些你的同类。如果你愿意，我可以带你过去。"

过去几周，雨水逐渐减少，但在旱季酷暑来袭之前，还会有一两场雨。北方的天空，也就是伊希和他的新朋友要去的地方，越来越暗，闪电嘶嘶作响。他们到达地平线时刚有雨滴落下，随后他们看见了五头公象正在下方一条泥色河流的岸边。

"他们在那儿，"白鹭说，"你能看到他们吗，善良的主人？"

"我当然能看到他们。我还没瞎。"

伊希认出了很久以前熟悉的气味，迅速走到了象群旁。当他靠近时，象群警惕地注视着他，随即认出了他的气味。其中两头向他跑去，高声喊叫着。大象们互相问候的时候，白鹭不得不高高飞起，不然就要被压死了。

在伊希可能碰见的所有大象中，这两头是他被带离非洲之前所在最后一个族群的兄弟。大黑过世后，他们在象群年度聚会上加入了伊希和小溪流，整个季节几乎都相伴同行。三十年过去了，他们竟然都还活着。噢，他们会有故事可讲的。

雨开始倾盆而下，雷声在头顶的山上隆隆作响，大象们在一棵

第二十五章

桉树下避雨。大足和嗡嗡两兄弟在离开原生族群后就一直在一起,因为嗡嗡几乎是个哑巴。长大后,大足成了嗡嗡的保护者和翻译,两头象形影不离。古语有言,多象同行,生存更易,所以两兄弟时不时会缠上单身象群。这对他们来说确实有用。

听说伊希是如何失踪的时候,大足和嗡嗡大吃一惊,两兄弟一直在寻他,找了好几个季节,最后还是放弃了。伊希向他们讲述遥远的"两脚兽"世界时,他们无言以对。其实大象无法理解那个世界,伊希多年前就意识到了这一点,所以通常只是粗略讲个大概。

这对兄弟也活不了几年了,他们非常支持伊希的旅程,主动提出陪他走完剩下的路,也是叙叙旧。伊希被深深地感动了,当场接受了他们的提议。

* * *

威斯布鲁和导演看着镜头画面,布兰代斯站在他们身后。这些大象肯定有三十多年没见过面了,但他们在这里重聚,仿佛就在昨天。威斯布鲁和导演对布兰代斯说,配上适当的解说,观众会再一次大为惊讶的。

接着,电闪雷鸣太猛烈了,无人机不能停留,便收工了。他们没看到,白鹭在无人机后面猛扇翅膀,发出嘶嘶声和咔嚓声,直到他以为自己赶走了那个东西,这才骄傲地回到主人身边。

那天晚上吃晚饭时，外面是瓢泼大雨，故事纷至沓来。索尔兹伯里一行人有太多往事可以与布兰代斯、威斯布鲁和导演分享，午夜之后还在畅谈。布兰代斯习惯了发号施令，别人都对他俯首帖耳，但这群人不一样，他们的人生丰富多彩，这让布兰代斯一时间忘掉了自己。威斯布鲁从未见过这位大人物的这一面，竟然开始喜欢他了。

在飞机上时，罗素和阿曼达给布兰代斯留下了相当深刻的印象，但现在，几瓶酒过后，父女俩和卡莫讲了许多故事让众人大饱耳福，也让布兰代斯静静感到惊叹。晚上准备休息时，布兰代斯告诉威斯布鲁，一定要让索尔兹伯里的每个人都出镜。他们是令人难忘的人物——既是大象故事的一部分，又有着各自的传奇。

第二天早上，雨还没有停，索尔兹伯里的智囊团意识到他们可能遇到了一个难题。侦察员通过无线电报告说，是的，确实有个难题：从察沃南部山丘蜿蜒而出的水流不再是一条容易渡过的小溪。它成了汹涌的洪流。

第二十六章

肯尼亚边境

单身象群站在河岸上凝视着河水的怒涛。他们同行以来，已经下了三天三夜的雨，正午的天空和日落时分一样暗。没有任何动物能够渡过雨水冲刷下如此湍急的河流，连大象也无可奈何。他们在岸边侦察了两天，没有发现合适的地方可以渡河。这意味着他们的旅程要结束了，至少得等到河水消退才能前行。那可能要过几个星期。

　　四头公象看向伊希，知道他没有那么多的时间。好不容易到了这儿……却在离家不远的一条河边困住了？伊希望着哗啦作响的凶猛激流，知道自己只能赌一把。其他的一切都按计划顺利进行了，他只能假设好运气会继续下去。

　　伊希在下游一千多米处发现了唯一能渡河的地方——那是最宽的一段，因此也是最浅的一段，而且水中央是长有树木的小洲。如果他逆流而上，水流会把他带到足够近的地方登上小洲，歇息蓄力完再进行最后的穿越。伊希准备独自行动——他不想让其他大象冒险，毕竟他们不像自己那样与命运有约。

　　兄弟们一点也不喜欢这个主意。他们争辩说，伊希并非处于最

第二十六章

佳状态,要是他没登上水中小洲怎么办?他会变成一具积水的尸体,被卷入下游数千米的树枝和巨石丛中。这对伊希来说是什么样的结局?对他们来说又是什么样的结局?在下一季的族群聚会上向伊希的朋友们报丧?

但是,伊希没有被吓倒,当雨势减弱为小雨时,他沿河而上,直到找到一个浅水滩。他向兄弟们道别,希望日后他们跟上的时候再见,然后走到了河里。

* * *

那天晚上,全世界的观众都被无人机拍摄到的镜头所吸引,他们的英雄勇敢地尝试穿越将近一百米宽的激流。人们很快就意识到,当伊希第一次沉入水底,五十米内都没有浮上来时,他是在为自己的生命而战。无须旁白或音乐,几乎所有观众都站起来,祈祷他能成功。看着老象可能就这么死在眼前而没有人去救他,观众们才意识到自己在这头老象身上投入了多少。

纪录片摄制组更是痛心疾首。他们心爱的英雄和这个节目可能就突然迎来了这么一个完全意想不到的结局。布兰代斯本来选择让大象独自完成旅程,尽量减少人为干预,而现在他们又开始为先前的决定而感到困扰了。他们意识到,必须以某种方式进行干预——如果有这个可能的话。或者说,如果现在还不算太晚的话。

伊希在湍急险恶的水流中艰难地移动着四肢,其他公象则沿着河岸奔跑,大声加油。当伊希看到小洲快速靠近时,他还在向水中央推进,他想到自己可能会错过。这是生死攸关的问题,他往下蹬,找到了另一块垫脚石,离小洲越来越近了。他以前从未探得这么深,而且这可能仍然不够。他用尽全身力气将腿向前推进。突然间,他的脚又踩到了底。他用鼻子抓住了水面下清晰可见的树根,把自己拉上了岸。

他听到公象朋友们在岸边吹响号角,接着看到白鹭朋友在他上方振奋地扑打着翅膀。他倒在沙地上,往外吐水,然后感觉到自己颤抖的双腿、跳动的心脏和疼痛的肺部在尖声抗议。这甚至比他预想的还要好,他知道自己必须休息一晚才能尝试后半段。两天前,他在下游一千多米处看到了一组巨大的激流——对人类来说是五级激流——他知道,要是不能及时渡过去,那个旋涡很可能就是终点。

那天晚上睡觉的时候,一位老朋友来拜访他,深情地对他说了很多安慰的话。是小溪流。在梦中,伊希以为自己真的和他在一起,但伊希睡得很沉,无法做出反应。小溪流向他保证,他的时间还没有到,可以挺过这一关,完成这段旅程。伊希感受到了被爱和温柔包围,同时心里掠过一丝悲哀,意识到自己很快就会与死去的小溪流重聚。

第二天早上,伊希感觉到身边有什么东西存在,睁开眼睛一看,

第二十六章

是最大的惊喜。雨过天晴，有个老朋友坐在他身边。是他很小的时候就认识的那只"两脚兽"——就是在伊希成为孤儿后第一个发现他的"两脚兽"，在伊希一生中不断出现的"两脚兽"。这究竟是——难不成他还在做梦？

当卡莫用熟悉的声音说话时，伊希意识到这不是一个梦。他站起身来，感激地嗅了嗅他的老朋友，他们拥抱在一起。

"啊，我的老朋友，你疯了吗？"卡莫问，"你知道你干了什么吗？"

伊希又累又饿，但卡莫的意外出现是一剂良药。伊希的视线越过他，看到还有两个黑皮肤的"两脚兽"在等着，他们身旁是停在洲上浅滩的机动快艇。伊希认出了他们的气味——是他们给自己留的草料，他们是旅程中看不见的存在，伊希意识到他们就像自己在孤儿院的看守人、朋友。

然后，卡莫指着远处的海岸，伊希转过身来。那里站着几只"两脚兽"，他们和卡莫一样是这次旅行的主要原因之一。罗素和阿曼达不需要挥手或喊叫，伊希就能感受到他们的焦虑。伊希意识到，他们担心坏了，所以过来鼓励自己。伊希心想，这是缘分。开始的时候他们就在自己身边，现在可能要结束了，他们也在自己身边。

"你准备好了吗，小象？"卡莫一边抚摸着伊希的头一边问。伊希对上了他的目光，卡莫拍了拍他的象牙，笑着鼓励他，"那我们走吧。"

就这样,卡莫走到小艇旁,将其推回水流中,和两个侦察员一起跳了上去。其中一人加大油门,小艇疾驰绕过小洲的头部,在水流中等着伊希。无人机的画面已经疯传开来,几乎所有开播频道都在直播。

伊希鼓起所有勇气走到水边。他看着河对岸,选择了一片光秃秃的树丛作为参照物。接着他大步迈进水流中,想着死去的亲朋好友,做好了准备。就像小溪流说的那样,他不会有事的。他可以挺过去。

伊希走下小洲的缓坡时,水流拉扯着他,他不得不往里面倾斜。随即他往下一跃,肩膀到了水面下,他把目光投向了秃树丛。小艇在前面带着路,卡莫为他呐喊加油。

接着,伊希的头也淹没在水中。他不停地向前移动四肢,象鼻伸出水面以吸收氧气。当他的耳朵浸在水中时,他在小艇发动机的轰鸣声中听到了一种令人不安的声音:有很多岩石,块头很大,在水底翻滚时互相撞击着。

然后,水流变得太猛了,伊希再也无法踩到水底。他猛地向上游去,四肢拼命地搅动着。

卡莫在小艇上大喊:

"你可以的,伊希!到我这儿来!"

第二十六章

伊希抬头望向岸边,发现秃树丛已经不见了。他的"两脚兽"朋友们所在的浅滩也没有了踪影。伊希被冲到了下游——他不知道有多远,但他必须缩小与大旋涡的距离。他使劲踢,然后看到阿曼达在岸上与自己并排跑着,边跑边喊。

伊希的肺在燃烧,他几乎听不到卡莫的恳求了,脑海里的声音被耳边的心跳声所淹没。突然,他撞上了一个坚硬的东西,卡在原地动不了,水流冲刷着全身。他很快看到,这是一块巨石,在靠近旋涡的几块巨石中,这是第一块。他的心往下一沉,接着他看到旁边的卡莫正从小艇上俯下身。

"小象,游到我这里来!你可以的!"

伊希从来没有在卡莫的声音中听到过恐慌,这如同象钩一样击中了他。他本能地认出,其他动物在放弃的时刻便是这种神情,他以前见过的。他努力了这么久,而且他意识到现在必须拼命,否则就完了。

伊希深吸一口气,冲向下一块巨石。他先是被水没住头,然后又浮了上来,猛烈地踢着,向巨石靠近。突然,伊希猛地撞上了巨石,停留在原地,在水流的冲刷下动弹不得。他几乎看不到翻滚的水面,但他知道不远处有另一块巨石,而且就要安全到岸了。再来一次。再来一次就行了。

他深吸了一口气,猛地冲了过去。

观众们都沉浸在这一戏剧性的场面中，全球各地街道上的行人都能听到敞开的窗户里传来的呼喊和哀求声，不知道在玩什么游戏。

两架无人机中一架拍摄伊希，另一架提供广角镜头，为观众提供了视角。广角镜头从急流（说雷鸣般的多级瀑布更准确）的上方朝着河的上游拍过去，每个人都可以看到，伊希几乎快被淹没了。近距离的无人机捕捉到了伊希挣扎的眼神，卡莫在瀑布的嘈杂中向他喊话。

没有人见过这样的画面。显然，有无数动物在生死关头的传奇，但都不是实时播报的，也从未让观众对一个完全不可预测的结果如此投入过。看到如此强大的生物在大自然的惊险中显得如此渺小无助，许多观众都难以承受，不得不转过身去或者遮住眼睛。

伊希在底部的光滑岩石上打滑了，随即一根大树枝猛地砸向他，把他压在水下。当他浮上来时，差点错过了最后一块巨石，他拼命地伸过去抓住巨石。他勉强找到了一个落脚点，把自己甩到了上面。

"就要到了！"卡莫喊道，小艇就在伊希上方等着，发动机开到了最大马力以保持原来的位置，"就差一点了！"

伊希抬起头，看到自己离旋涡的边缘非常近，离下一级河水很远。他感到震惊不已，重新看向岸边，有了新的目标。他向岸边冲去，就在水流开始冲向他的时候，他感觉到脚触底了，一个浅滩出现在眼前。他爬上陡峭的河岸，拖着沉重的腿走完最后几米，喘着粗气，

第二十六章

摇摇晃晃,最后重重摔到沙地上。

卡莫从小艇下来,跪在他身边。

"你做到了,小象!我知道你能做到!"然后,阿曼达来到伊希身边,用双臂抱住他湿漉漉的壮硕的头。

布兰代斯和威斯布鲁到达了他们上方的山脊,这是两人所见过的最具戏剧性且最扣人心弦的动物镜头。无论接下来发生什么,这头不可思议的大象以及浅滩上挤在他周围的这些善良的人们,都组成了一个令人难忘的高潮时刻。尽管困难重重,布兰代斯这把赌赢了。

值得庆幸的是,旅程的最后一段是最轻松的。索尔兹伯里离这里有半天的路程,在伊希吃饱睡足的几个小时后,他挺着酸痛的身子站起来。卡莫和阿曼达与他一起步行,罗素开着吉普车跟在他们后面。无人机拍摄到他们到达伊希的"出生地"时,太阳正好落在远处的山丘后面,这些山丘的轮廓已经永久地刻在了他的记忆中。

第二十七章

肯尼亚,最后几天

伊希永远不会忘记

伊希在索尔兹伯里待的时间很短。这里再也容纳不下他的体型，他也没办法适应这里的生活。这是一家为动物幼儿设立的孤儿院，他太庞大了，大院里站不下，更别说睡在他原来的围栏里了。所以他和卡莫一起睡在前门外，卡莫很少离开他的身边。伊希已经筋疲力尽了，而且停止了进食。河水带走了他仅剩的精气神，在这几天里也没有恢复过来。

在罗素对这位老朋友依依不舍，深情告别之后，他和莱丝丽乘坐布兰代斯的飞机返回了伦敦。布兰代斯、威斯布鲁和导演恭敬地听着阿曼达的请求，如果伊希想在别的地方死去，就不要再跟着他。三人欣然同意，他们当然有足够的镜头来构建一个强有力的结局，不需要用无人机入侵大象的空间来拍下临终时刻。如果没有其他原因，记录死去的时刻就有点过分了。

那天晚餐时，丽贝卡讲了她读过的一个故事，她说大象会对生命产生非常深刻的依恋。一位名叫劳伦斯·安东尼的自然保护主义者收留过一个野生象群，多年来与他们成了亲密的朋友。几年后他去世时，象群在丛林中跋涉八十千米，在他死后三天回到他的保护

第二十七章

区以示哀悼。象群是如何知道他去世的，没有人能够回答这个问题。而他们会来这件事本身，更别说八十千米的路程了，简直让人难以置信。

因此，也难怪各种大象开始出现在索尔兹伯里的外面，向他们的老朋友告别。大象们站在外面叙旧，缠绕着象鼻，互相碰撞着、靠在彼此身上，动物孤儿们则在栅栏里面看着。

蔚蓝妈妈是第一个到达的，同时到达的还有伊希在族群里的伙伴——忧目。除了伊希的亲生母亲之外，蔚蓝妈妈一直是他生命中最重要的人物，他情不自禁。蔚蓝妈妈是他回来的一个主要原因，他无法抑制自己的泪水。

他们知道自己时日无多，聊起了过去三十年的各自的情况。蔚蓝妈妈是伊希所认识的最有智慧的大象，但当她听到伊希的一生时，也说不出话来。他们靠在一起站了几个小时，沉浸在彼此的生命力中。

令伊希非常惊讶的是，那天下午有两头高龄的母象出现了，并讲述了她们与自己的交集。五十多年前的一个晚上，她们的族群听到伊希的哭声后，来到了索尔兹伯里讲述她们所了解的伊希原生族群的命运。当时伊希太小了，而且焦虑不安，无法和族群同行，所以她们提出在每个雨季过后都会回来，直到他准备好。但此后不久，伊希就和蔚蓝妈妈的族群一起离开了，再也没有遇到过她们。现在她们过来了,在雨季结束时,在同样久远的路线上,惊叹于那头小象长得如此之大,如此受人喜爱。

第二天,嗡嗡和大足出现了,他们顺流而下,走了三天,直到看见了"两脚兽"搭建的跨栏,然后一路赶到大草原,向任何可能知道伊希命运的大象求助。当他们得知伊希幸存下来时,高兴坏了,而当他们得知伊希由"两脚兽"护送时,更是翘首以盼。现在,他们到达了索尔兹伯里,望着到处潜伏的"两脚兽",至少有点不安。但是,伊希打消了他们的顾虑,很快他们就吃到了大象梦寐以求的顶级草料。

大象的队伍被充分记录了下来,向全世界证明了大象这一物种的情感深度和智慧。再加上摩根·弗里曼那铿锵有力的解说,没有一个人怀疑大象在野生王国中的知觉能力地位,仅次于海豚和鲸鱼。

伊希回家的第三个晚上,仿佛有一个信号似的,他的老朋友们都离开了。那天晚上睡觉时,卡莫去看了伊希几次,但一切似乎都很正常。当卡莫在天亮前醒来时,伊希已经走了。

他怀着沉重的心情走进阿曼达的房间,叫醒了她,两人在厨房喝着咖啡静静地交谈。他们并非不信任布兰代斯或威斯布鲁,但这是他们与伊希的过往。他们都知道这很可能是伊希最后的时间。他们会对自己下一步的行动保密。

卡莫告诉阿曼达,他觉得伊希很可能去一个地方。

第二十七章

我在黑夜中穿行,前往那个一直在召唤我的地方,这时白鹭朋友已经与我会合了。我的脚步更轻了,也不觉得疼了。我很累,累极了,但我还有足够的力气去找到那条路。

我已经完成了向自己承诺的旅程。我见到了想见的朋友,已经很满足了。我唯一的遗憾是没有叫醒我最亲密的"两脚兽"朋友,向他告别,但我知道他会理解的。我愿意为保卫他的生命而死,因为我知道他也愿意为保卫我的生命而死。在我眼里看来,这就是真正的朋友。

当伊希接近目的地时,黎明的第一道曙光开始勾勒出他周围的风景,夜晚的声响渐渐变成了白天的动静。最近他的眼睛变得很浑浊,虽然看不到,但他感觉出另一头公象就在附近,接着,一个声音把他吓了一跳。

"我看到你一路走回来了,我的年轻朋友。"大黑一边走到他身旁,一边咕哝道。他们现在的体型相当,伊希惊叹不已。

"你怎么知道在哪里找到我的?"伊希问。

"对一头老象来说,这并不怎么费力。"大黑的皮肤从头到尾都是湿的,一股清凉的雾气像云一样紧紧围绕着他。以伊希目前的状态,这似乎很正常,所以他没有提出疑问。

"顺便问一下,你和那群女士们的关系如何?"大黑继续嘲讽地说道,"她们把你带回族群了?"

即使是现在,伊希也不想得罪他,所以只是笑了笑。

"你之前说对了,这是当然。我靠自己找到了方向。不需要女士们的帮助。"

伊希向河边草甸上成排的树木走去,他从未中断过步伐。他注意到,这些可乐豆木比他上次来的时候要高许多,但他还是认出了这个地方。这片草甸郁郁葱葱,一片宁静,就像五十年前那样。

伊希意识到大黑已经从自己身边消失了,但并没有受到干扰。那只鸟仍然和他待在一起,栖息在他的肩头。

"你看到前面的同类了吗?"白鹭问。他的视力显然比伊希好得多,伊希现在能看清那个族群了,他小心翼翼地向前走,生怕吓跑了他们。

"是的,我看到他们了。"伊希低声说,他们就在那里,是他很久以前的族群,在草丛中安然吃草,旁边是一条慵懒的河流,静静流淌着。伊希发现了母亲的身影,向她走去。

伊希把头靠在她身上,无须多言,母子俩的思想交融在一起,仿佛他们是一个整体。当他们互相凝视时,伊希生命中发生的一切都在几秒钟内传达出来了,伊希感觉到了她的悲哀和痛苦,只有母亲面对儿子所承受的悲剧时才会有这种感受。母亲用象鼻抚摸着他脸上的每一寸。这对伊希来说,仿佛母亲已经穿过了自己的身体。

然后,伊希看到并感受到了她的记忆。经历了一个刻骨铭心的悲伤转折，这些记忆在她死后继续存在，但却没有任何可见的东西，就像她失明了一样。只有情感，浓烈又原始，在无法穿透的黑暗中。伊希为她而哭泣，她又为伊希而哭泣，以及为自己未能活过的日子而哭泣。

很难说他们这样持续了多久，因为时间已经变得有弹性。伊希分得清记忆和梦境，但这种情况是不同的。当然，也没有什么好怕的，这其实让他倍感宽慰。

现在，他感觉到出生时的其他亲朋好友围绕着自己，每头大象都在他身边飘来飘去，不需要言语。和母亲一样，他们还保持着原来的相貌未曾老去。他们的遗骨就在伊希现在站立之地的下面某处，如果说他们的灵魂在过去的岁月里开启了新的篇章，那么他们现在就在这儿迎接他们失散多年的儿子，他们族群唯一的幸存者。他们深受感动，欢迎伊希回家。

伊希抬起头，发现他的白鹭朋友已经飞走了。

* * *

卡莫关上车门，和阿曼达一起静坐着，听着发动机冷却时的滴答声。五十年前他第一次来到这个山坡，听到下面的杀戮声，那之后他来过这里很多次了。现在，他要再次踏上这片草甸，悄悄地、远远地。已经过去十二个小时了，他知道等到伊希咽下最后一口气，自然界很快就会自行其道。卡莫想跟伊希做最后的告别，同时也想取下他的象牙，这样就不会有盗猎者玷污他。或者从他身上获利。

半小时后，他和阿曼达步行到达草甸，寻找伊希的踪迹。起初，他们什么也没看到，卡莫开始怀疑自己的判断，他原本以为这里是伊希会选择的地方。但随后阿曼达指着从天空中飘来的一个黑影，在一棵高耸的树上落了下来。现在他们可以看到几十只大鸟隐藏在树冠中。所以，他就在这里，在下面的某个地方，秃鹫们正在耐心地等待。

两人看到他时，已经快到河边了。伊希侧身躺着，似乎睡着了，尽管他们听不出任何呼吸声，也看不到他的尾巴或鼻子在摆动，但有什么东西在阻止秃鹫靠近。

卡莫把罗素以前的.375步枪递给阿曼达，他们在狮子的领地，所以可能需要鸣枪示警，并示意她为自己放哨。当卡莫默默地靠近这位朋友时，他恍然大悟，这正是五十年前他发现伊希的地方。躺在同样的地方，但这次没有母亲在身边。而且就像那时一样，没有任何生命迹象。

卡莫跪在附近，观察伊希朝上的那只眼睛，它是闭着的。突然，那只眼睛睁开了，就像五十年前那样吓了他一跳。

"啊，小象，我不是有意打扰你，"他低声说，"现在你继续睡吧。"

第二十七章

伊希慢慢地举起鼻子嗅着空气,卡莫意识到他看不见了。卡莫示意阿曼达过来,他们俩都蹲坐着看着老朋友,这时伊希望着离这里很远的某个地方。然后他的鼻子往阿曼达的方向移动,他已经闻出了她的气味。一阵漫长而痛苦的呼吸声传来,阿曼达忍住了泪水。她知道这正是自然的过程,但心里还是不好受。

"啊,我的老朋友,"她低声说,"我真想把你变回我们曾经认识的那个小象崽……我们都可以重新来过。"

阿曼达伸手抚摸着伊希,接着他们听到了来自他体内深处的微弱轰鸣。两人俯身把脸贴到伊希的脸上,呼吸着他熟悉的气味,泪流满面地亲吻他布满皱纹的庞大脸颊。

最后,卡莫站了起来,并把阿曼达扶了起来。

"他知道我们在这里。我们给他一点时间吧,他要重新回到族群中去。"

阿曼达点了点头,两人慢慢地走开了。

* * *

我可以透过时间看到过去,仿佛一切就在昨天。正如我一开始所说的,我只想找到回家的路,向老朋友们告别。现在我已经做到了,可以了无牵挂地去了。

无论等待我的是无尽的黑暗,还是朋友相伴、光明照耀,或是我从未想过的事物,我都将去往在我之前离世的所有生命都去过的地方。我们大象知道这一点。我要么在天空的某个地方注视着这一生,要么融化于大地,除了无梦的长眠外别无所知。

无论那是什么,我都准备好了。

后记

每年雨季结束时，卡莫都会去拜访伊希最后安息的地方。他有时觉得，自己能感受到伊希的能量在身上传递，在最初的悲伤消散后，每当他回忆起这位老朋友，一连几天脸上都会挂着微笑。

布兰代斯信守承诺，资助索尔兹伯里的动物孤儿院，每当他去往非洲，都会在索尔兹伯里停留一晚。拍摄伊希的旅程是他这辈子最快乐的时光，他想与其中遇到的那些了不起的人物保持联系。但时过境迁。

三年后，阿曼达和莱丝丽将罗素安葬在吉恩和特伦斯旁边，俯瞰索尔兹伯里和察沃。罗素年届九十，但他再也没有绘画的意志或能力了，甚至无法阅读，所以和伊希一样准备离开。她们两人接下来发现的显然是最难以解释的。

阿曼达看着女儿们结婚、搬走、生儿育女，在独自生活了三年之后，接受了莱丝丽的邀请，住进了她庄园里的一间客用小屋。不论哪一天，阿曼达都可以选择幽居独处或是与一群有趣的朋友相伴，而且她已经开始创作她的第一部小说。

后记

这部小说的书名就叫《大象的回忆》。

——肯尼亚和英国，2015 年

© 民主与建设出版社，2024

图书在版编目（CIP）数据

伊希永远不会忘记 /（美）亚历克斯·拉斯克著；张钰君译. —— 北京：民主与建设出版社，2024.6.
ISBN 978-7-5139-4625-4

Ⅰ.Ⅰ712.45

中国国家版本馆 CIP 数据核字第 2024BG2548 号

The Memory of an Elephant
Copyright © Alex Lasker 2021
All rights reserved.
The simplified Chinese translation rights arranged through Rightol Media Limited and Suasive Consultants Private Limited

著作权合同登记号：图字 01-2023-4694

伊希永远不会忘记
YIXI YONGYUAN BUHUI WANGJI

著　　者	［美］亚历克斯·拉斯克
译　　者	张钰君
责任编辑	王　倩
封面设计	曾冯璇
出版发行	民主与建设出版社有限责任公司
电　　话	（010）59417749　59419778
社　　址	北京市海淀区西三环中路 10 号望海楼 E 座 7 层
邮　　编	100142
印　　刷	文畅阁印刷有限公司
版　　次	2024 年 6 月第 1 版
印　　次	2024 年 8 月第 1 次印刷
开　　本	850 毫米 ×1168 毫米　1/32
印　　张	9.75
字　　数	150 千字
书　　号	ISBN 978-7-5139-4625-4
定　　价	68.00 元

注：如有印、装质量问题，请与出版社联系。